藏書

珍藏版

唐詩宋詞元曲

选编

于立文 主编 李金龙 编

叁

辽海出版社

朱庆余

朱庆余（生卒年不详），名可久，以字行，越州（今浙江绍兴市）人。宝历二年（826）进士及第，官秘书省校书郎。仕途不得意，曾客游边塞。张籍很赏识他。其诗多五律，长于写景，风格略近张籍，但反映社会面较窄。《全唐诗》录其诗一卷。

宫中词

寂寂花时①闭院门，美人相并立琼轩②。

含情欲说宫中事，鹦鹉前头不敢言。

【注释】

①花时：花开时间，指春天。

②美人：指宫女。琼轩：华美的走廊。

【译诗】

纵然是，花开的时节，却寂寞在，关闭的庭院；纵然有，华丽的长廊，却空留着，姣好的容颜。深宫中，说不尽的是非曲直，说不尽的恩恩怨怨，只可怜，鹦鹉面前，她们不敢随意开言。

【赏析】

此诗写宫人之幽怨。全诗含蓄地揭露了宫廷生活的压抑。

沈祖棻《唐人七绝浅释》有评："花时而言'寂寂'而言'闭院门'，可见宫门深锁，韶华虚度。境既凄清，情亦惆怅。故美人偶值，并立琼轩，彼此含情欲诉，而鹦鹉在前，复不敢言，极尽低回吞吐之能事，涌之使人抑郁难堪，而仍以含蓄之笔出之。"

近试上张水部

洞房昨夜停红烛①，待晓堂前拜舅姑。

妆罢低声问夫婿，画眉深浅入时无②？

【注释】

①洞房：新房。停：点燃，为唐人口语。

②入时无：是否合时。

【译诗】

洞房的红烛，一真亮到天明。我等待，等待拜见公婆。我精心梳妆，又低声问丈夫："我画眉深浅合乎时宜否？"

【赏析】

此诗借闺房情事来隐喻进士考试，作者自比新娘，把张籍比作新郎，舅姑比作主考官，作者在问张籍：自己的诗文是否合时？作者刻画新娘的娇态，语调维妙维肖。

当时张籍写了酬作说："越女新妆出镜心，自知明艳更沉吟。齐纨未足时人贵，一曲菱歌敌万金。"朱庆馀的诗名因此流布海内。

杜　牧

将赴吴兴登乐游原一绝①

清时有味是无能，闲爱孤云静爱僧。

欲把一麾江海去②，乐游原上望昭陵③。

【注释】

①吴兴：郡名，即湖州。

②把一麾：指出任湖州。江海：指吴兴。

③昭陵：唐太宗李世民的陵墓。

【译诗】

徒然空有才华，不能在清平时世施展，我爱悠闲的孤云，我爱清静的高僧，我将手持旌旗，漂游在浩淼的江海，在这离别长安的时刻，我登乐游原，眺望西边的昭陵，最后一次眺望，消逝的辉煌。

【赏析】

这首诗是作者将去吴兴任刺史时作，诗人由京官外放，仕途不得意，因而他在诗中抒发了自己的感慨。

诗的前二句，直抒胸臆，慨叹自己过着闲静生活看似有味实为无能，表明他并不愿意闲置终生，但身不由己，不得重用，只好无聊度日。

从这愤激的反语中见出其深刻的苦闷。

后二句写他赴任之前，独望昭陵，寓有深意，诗人追怀向往唐初盛世，进一步表现了壮志难伸的悲愤。全诗语意含蓄，令人玩味。

赤　壁

折戟沉沙铁未销，自将磨洗认前朝。

东风不与周郎便①，铜雀春深锁二乔②。

【注释】

①这是一个假设句，即假如东风不给周郎提供方便的话。这里用的是火烧赤壁的典故。

②这句是说，东吴的美女大乔和小乔恐怕已被关在了曹操的铜雀台中。二乔：大乔和小乔，两人为姐妹，都是东吴著名的美女。大乔嫁给了孙策，小乔嫁给周瑜。

【译诗】

一支，古老的断戟，沉落在江底，岁月，流逝，流逝也未使它消蚀；它磨出铮铮亮光，它是三国时代的兵器。不是东风的援助，江南已是一片，废墟；美丽的二乔，只有，永远被锁在铜雀台里。

【赏析】

这是一首咏史诗。诗人在诗中对赤壁之战周瑜的战功评价不高，认为他不过是侥幸取胜，大有阮籍登广武凭吊楚汉战场而慨叹"时无英雄，使竖子成名"的意味，也正是抒发自己怀才不遇的心情。全诗寄意千史，为唐诗中名篇。

泊秦淮①

烟笼寒水月笼沙，夜泊秦淮近酒家。

商女不知亡国恨②，隔江犹唱后庭花③！

【注释】

①秦淮：秦淮河。发源于江苏省溧水县东北，流向西北，横贯南京市，流入长江。相传是秦始皇南巡会稽时所凿，用来疏通淮水，所以取名秦淮河。

②商女：卖唱的歌女。

③后庭花：曲名，《玉树后庭花》的简称，是陈朝末代皇帝陈叔保作的一首艳曲。陈叔保因沉迷于声色而亡国，因此人们把他的"玉树后庭花"称为"亡国之

音"。

【译诗】

　　烟雾朦胧着寒江，沙洲闪耀着月光，夜晚，我停在秦淮河岸，酒家的光华，映红了我的面颊，天真的歌女，怎知道亡国的悲恨，听，对岸传来优美的歌声，是她们把《后庭花》声声歌唱。

【赏析】

　　这首诗通过写夜泊秦淮所见所闻的感受，揭露了晚唐统治者沉溺声色，醉生梦死的腐朽生活。秦淮河两岸是六朝时的繁华之地，是权贵富豪、墨客骚人纵情声色、寻欢作乐的场所。唐代商业繁荣，此地也如六朝一样繁华。诗人夜泊秦淮，在茫茫沙月，迷蒙烟水中眼见灯红酒绿、耳闻淫歌艳曲，不禁触景生情。全诗寓情于景，意境悲凉。

寄扬州韩绰判官

青山隐隐水迢迢，秋尽江南草木凋。
二十四桥明月夜①，玉人何处教吹箫？②

【注释】

　　①二十四桥：有两种说法，一种是宋朝沈括《梦溪

笔谈·补笔谈》中所说：唐朝时扬州十分繁华，有二十四座桥。另一种说法是据清朝李斗《扬州画舫录》的记载，认为二十四桥指吴家砖桥。吴家砖桥又名红药桥，因古时曾有二十四位美人在那里吹过箫。故名之二十四桥。

②玉人：指韩绰。

【译诗】

天边，青山隐隐，绿水迢迢，朦胧，秋天已经散尽，草木已经凋落，孤寂的小桥，只有，一轮明月。高高映照，是谁在倾诉心中的思念，远处传来悠扬的箫声。

【赏析】

这是一首怀人之作。第一句"青山隐隐水迢迢"，给人以悠远的感觉。第二句写深秋的江南"草木凋"，把江南的秋色有特点地描绘了出来。第三、四句既写出月夜的幽静，又有声有色地引用二十四桥美人吹箫的典

故，探问友人近况，描写了他们之间的友谊深厚。这首诗，语言清新，寓情于景，别开生面。

遣 怀

落魄江湖载酒行，楚腰纤细掌中轻①。

十年一觉扬州梦②，赢得青楼薄幸名③。

【注释】

①楚腰：细腰。《韩非子·二柄》："楚灵王好细腰，而国中多饿人。"掌中轻：《赵飞燕外传》：飞燕"体轻，能为掌上舞"。此句为夸赞扬州妓女之美。

②扬州梦：指在扬州冶游。

③薄幸：犹言薄情。

【译诗】

我落魄在江湖，我潦倒在醉乡。美人纤细的身姿，可以起舞翩翩于手掌。十年扬州的光阴，如同大梦一场，我负心的名声，一直在，青楼传扬。

【赏析】

这首诗记叙了诗人在扬州流连青楼、放纵声色、绮艳放荡的生活。《杜牧别传》载："牧在扬州，每夕为狭斜游（狎妓），所至成欢，无不会意，如是者数年。"
《全唐诗话》："杜牧不拘细行，故诗有是句。吴武陵以
《阿房宫赋》荐于崔郾，遂登第。"诗题为遣怀，作者虽
有自责之意，但其中也可见诗人落魄不得志的幽怨
情怀。

秋 夕

银烛秋光冷画屏，轻罗小扇扑流萤[①]。

天街夜色凉如水，卧看牵牛织女星[②]。

【注释】

①银烛：言烛光色白，有寒意。轻罗：轻薄的罗
纱。丝织物。流萤：飞动的萤火虫。

②天街：宫中道路。牵牛织女星：两星座名，各在
银河东西。民间传说将二星拟人化，言夫妻二人在七夕
之夜始得度鹊桥相会。

【译诗】

银烛光，微弱，映出了，画屏的清冷，她拿着，轻
巧的小扇，扑打着，闪闪的流萤，秋夜的天，夜色清凉
如水，她静卧着，久久地痴望，那牵牛星，那织女星。

【赏析】

　　这是一首宫怨诗。一二句描写宫女寒冷孤寂的生活，在清冷的秋夜，主人公孤寂无聊，只能以扑打流萤来遣怀。三四句描写宫女夜不能眠，暗示向往爱情。全诗无一怨字，却透露、反映了宫女的深深哀怨。本诗形象逼真生动，其清丽素雅之景情，令人遐思。

赠别（二首）

其　一

　　娉娉袅袅十三余①，豆蔻梢头二月初。
　　春风十里扬州路②，卷上珠帘总不如！

【注释】

　　①娉娉袅袅：形容女子婀娜多姿的身态。
　　②春风十里：指扬州娼楼歌馆所在之地。

【译诗】

　　多么美好，她娇小轻盈的姿态，仿佛初春的豆蔻，含苞欲放，春风吹拂，扬州城的繁华，十里长街上，所有的珠帘高高卷起，有哪一个女子，比得上她的美貌。

其 二

多情却似总无情，惟觉樽前笑不成^①。

蜡烛有心还惜别，替人垂泪到天明^②。

【注释】

　　①樽：酒樽，这里借指离别的筵席。

　　②这二句是用蜡烛来映射人的伤感。心：烛心。

【译诗】

　　无限的痴情，只是默默无语，欢笑已经，过去，纵然拿起酒杯，终归是，无情的别离，蜡烛知道，依依惜别的伤心，它流着泪，一直流到天明。

【赏析】

这两首诗是杜牧离扬州赴长安时，与一歌妓分别前作。第一首赞美歌妓美貌，第二首写离情。诗中不乏名句。"豆蔻梢头二月初"比喻贴切形象，常为人引用。第二首一二两句深刻而有意味。日常生活中常能体会，但经诗人说出，便令人叫绝；三四两句借景物抒发情感，也很深刻，且意味悠长，值得玩味。

金谷园

繁华事散逐香尘，流水无情草自春①。

日暮东风怨啼鸟，落花犹似坠楼人。

【注释】

①香尘：用贵重的薰香木做成的碎末。

【译诗】

繁华，和昔日的奢丽，随着香尘的散飘，已经散尽，只有，无情的江水，依旧，无情地流，无知的芳草，依旧，年年吐绿，黄昏时分，东风送来啼鸟的声声哀怨，飘落的残花，就像那坠楼人。

【赏析】

这首诗写凭吊金谷园的感慨。一二句写金谷园往日的繁华而今烟消云散，不胜今昔。三四句写对薄命如落花的绿珠的同情与悲悼。全诗触景生情，寓情于景，情景交融，实为吊古的一篇佳作。

李商隐

夜雨寄北

君问归期未有期，巴山夜雨涨秋池①。

何当共剪西窗烛，却话巴山夜雨时？②

【注释】

①巴山：泛指蜀中之山。

②却话：回头谈论、诉说。

【译诗】

你问我何时归来，我不知何时归来，巴山绵绵着夜雨，夜雨涨满了湖池，何时，我们能相倚在西窗前，剪着一朵朵美丽的烛花，向你倾吐，我对你的无限思念，在那巴山秋雨的夜晚。

【赏析】

　　这首诗是诗人在巴山写给在北方的妻子的。诗中开头说："君问归期"，是写亲人思念自己；"未有期"是作者的回答。在一句之中，一问一答，一虚一实，把自己怀念妻子，同时想到妻子也在怀念自己这种深厚的感情，层层推进。后两句以希望作结，预想着将来会面的时候，能把今夜的情景向亲人娓娓诉说。这首夜雨连绵，涨满秋池之时的怀人之作，构思精巧，情感动人，实为佳作。

寄令狐郎中

　　嵩云秦树久离居，双鲤迢迢一纸书①。

　　休问梁园旧宾客，茂陵秋雨病相如②。

【注释】

　　①嵩：中岳嵩山。在今河南登封。秦：秦川。指今陕西渭水平原。古为秦地。双鲤：指书信。鱼书典出汉乐府。

②梁园：汉时梁孝王刘武所建园林。故址在今河南商丘。旧宾客：司马相如曾在梁园做过门客。诗中以司马相如自喻。茂陵：汉武帝陵，在今陕西兴平。司马相如晚年家居茂陵。

【译诗】

情谊缱绻，只因为，我们天各一方，无奈的山高路远，却欣喜，你珍贵的书信，慰藉我，落寞的思念，不要问我的遭遇，我是梁园的旧客，病卧在茂林他乡，仿佛绵绵的秋雨，伤情绵绵，绵绵情伤。

【赏析】

李商隐青年时期受令狐楚赏识，后李商隐患病，令狐楚的儿子令狐绹来函问候，李商隐遂写此诗代回信。诗中前两句，表达了作者对友人的思念。后两句表示没有忘记过去知遇之恩，自比司马相如，暗示友人推荐自己做官，结果落空。用典很恰切，怀念友人的感情也很真诚。

为 有

为有云屏无限娇，凤城寒尽怕春宵①。

无端嫁得金龟婿②，辜负香衾事早朝。

【注释】

①云屏：用云母石做成的屏风。无限娇：指受宠的闺人。凤城：京城。怕春宵：害怕春宵过得太快。

②金龟：指显贵之官。唐代三品以上的官员佩金饰的龟袋，称金龟。婿：指丈夫。香衾：被。

【译诗】

华贵的屏风，点缀娇妻的卧房，冬寒已经退尽，恩爱夫妻，谁不想春宵长住，可叹呀，只因为，显赫的高官厚禄。高贵的累赘，辜负了，香衾的温柔。

【赏析】

这首诗抒写京城里贵妇人的闺怨。居室华贵的官宦之家，有着美艳的娇妻。在冬寒退尽，春日来临之际，夫妇们有着万般欢情，恨春宵夜短，清晨分离。全诗以一位贵妇的口吻，表现对夫婿辜负春晨香衾温柔欢娱的怨情。

隋　宫

乘兴南游不戒严①，九重谁省谏书函？

春风举国裁宫锦，半作障泥半作帆^②。

【注释】

①南游：指隋炀帝自大业元年（六○五）起，多次游幸江都。

②障泥：骑马用具，垫在马鞍下垂于马身体两侧，以挡泥土用的布帘。

【译诗】

多么威仪，浩浩荡荡的车队，多么华贵，漫游南国的游船，全是百姓辛劳的血汗，满足了杨广一时的贪婪，纵然群臣苦苦劝谏，也只是徒劳的悲叹，虚假的显赫，只是一场梦幻。

【赏析】

这是一首咏史诗。前两句选取隋炀帝拒谏这一典型事例，来刻画他不顾国家安危、民生困苦，荒淫暴虐骄狂之态。后两句借"举国裁宫锦"这一典型细节的描写，揭露了隋炀帝倾全国之财力人力穷奢极欲行径。全诗寓批判于客观事实的描述中，诗意含蓄而又深刻。

瑶　池

瑶池阿母绮窗开^①，黄竹歌声动地哀。

八骏日行三万里，穆王何事不重来？②

【注释】

①瑶池阿母：即西王母。

②八骏：《穆天子传》中记载周穆王所乘八匹神马，名赤骥、盗骊、白义、逾轮、山子、渠黄、华骝、绿耳。

【译诗】

西王母推开瑶池仙宫的窗户，翘首把心爱的恋人顾盼，黄竹歌声多么哀怨，可以把整个大地震撼，穆王的骏马日行万里，为何一去不再回还？

【赏析】

本诗借用《穆天子传》的故事，讲相思哀怨之情。

嫦　娥

云母屏风烛影深①，长河渐落晓星沉②。

嫦娥应悔偷灵药，碧海青天夜夜心。

【注释】

①云母：一种矿物质，透明，柔韧，有光泽，可作屏风、窗等饰物。

②长河：指银河。

【译诗】

烛光照着屏风，烛影洒落空屋，银河渐渐西斜，星星已经隐落，嫦娥仙子多么悔恨，悔恨偷吃飞仙的灵药，纵然她，从此不食人间烟火，却只能，面对碧海青天，永远苦索，永远寂寞。

【赏析】

这首诗的主题，历来理解不一。有说悼亡，有说怀人，有说情人私奔，有说叹自己怀才不遇。全诗写主人公长夜不寐、孤寂清冷，蕴藉空灵，给人留下极大的想象空间。

贾　生①

宣室求贤访逐臣②，贾生才调更无伦。

可怜夜半虚前席，不问苍生问鬼神③。

【注释】

①贾生，指贾谊（前二○○——前一六八），西汉著名政论家、文学家，洛阳人。

②宣室：汉代未央宫前殿的正室。是皇帝召见重要

人物之所。

③苍生：指普通百姓。

【译诗】

汉文帝思念贤才，下令召回被贬逐的贾谊。贾谊才华高绝，贾谊无人能比，仿佛他们相见恨晚，尽兴畅谈一直谈到半夜三更。可惜文帝并不关心国家大事，只是不断把鬼神与仙人询问。

【赏析】

这是一首著名的讽刺诗。诗的前两句，是欲抑故扬，汉文帝名为求贤，而无求贤之实。后两句以"不问苍生问鬼神"的事实，鞭挞不重视人才，感叹贾谊满腹才学却无从以见用。全诗显然寄寓着作者不能施展抱负的哀叹，感慨深沉。

温庭筠

瑶瑟怨①

冰簟银床梦不成②，碧天如水夜云轻。
雁声远过潇湘去，十二楼中月自明。

【注释】

①瑶瑟怨：从瑶瑟中传出的怨声。瑶瑟：饰以美玉的瑟。瑟属拨弦乐器，有二十五弦，其声悲怨。

②冰簟：喻竹席之凉。银床：喻床之华贵，暗示为银白色月光照耀，也颇有寒意。梦不成：指难以入睡进入梦境。

【译诗】

心绪缠绕，迷茫，空对着，凉席与睡床，好梦已是奢望。水一样透明,澄碧的天空,云彩飘浮,鸿雁啼鸣,远远飞过潇湘飞过寂静。只有一轮明月,静静,照亮高楼。

【赏析】

这首诗咏闺怨。全诗没有透出一个怨字,而只描绘清秋的深夜,主人公凄凉独居、寂寞难眠,以此来表现她深深的幽怨。蘅塘退士评曰:"通道布景,只'梦不成'三字露怨意。"

郑 畋

郑畋(824~882),字台文,荥阳(今河南荥阳县)人,会昌进士。历任中书舍人、兵部侍郎、吏部侍郎同平章事等职。曾积极笄镇压黄巢起义,后遭武官嫉视,去职。死后赠太傅。郑畋以政事著称于当世,诗不足以名家。《全唐诗》录存其诗十六首。

马嵬坡①

玄宗回马杨妃死,云雨难忘日月新。

终是圣明天子事②，景阳宫井又何人。

【注释】

①马嵬坡：在今陕西省兴平县西，为杨贵妃被缢处死之地（所）。

②终是：终究是。圣明天子事：指玄宗不顾个人感情，为安定军心，毅然杀了杨贵妃。

【译诗】

杨贵妃已离开人世，唐玄宗又回到京城，昔日的恩爱怎能忘记？纵然眼前一片光明，马嵬坡前缢杀玉环，毕竟是天子的英明决断。可知道景阳宫井的屈辱，那是昏庸无能的陈后主。

【赏析】

唐人对杨贵妃缢死马嵬坡一事题咏甚多，但此诗说法甚新。诗人认为玄宗在马嵬坡能听从军士要求缢杀杨贵妃，是出于无奈，也是英明。诗中还就这件事引用了陈后主亡国之典来相比较。蘅塘退士评此诗曰："唐人马嵬诗极多，惟此首得温柔敦厚之旨。"

韩 偓

　　韩偓（842～923），字致尧，自号玉山樵人，京兆万年（今陕西西安市）人，唐昭宗龙纪元年（889）进士，历任翰林学士、兵部侍郎等。他因为不肯依附当时的权贵朱全忠，受到排挤贬官，全家避乱入闽，依王审知而终。

　　他任翰林期间作了不少反映宫廷生活的诗歌。动乱后多写忆昔、感归的寂寞情怀。他著有《翰林集》一卷。《全唐诗》录存其诗四卷。

已 凉

碧栏杆外绣帘垂，猩色屏风画折枝①。

八尺龙须方锦褥②，已凉天气未寒时。

【注释】

①猩色：红色，谓色如猩猩之血。折枝：花卉画法之一，画带枝之花而不画根部。

②龙须：指以龙须草织成的席子，比一般草席精致。锦褥：用锦缎制的褥子。

【译诗】

晶莹碧翠的栏杆外，低垂着彩绣的帘幕；猩红色的屏风上，雕饰的花卉栩栩如生。天气已经凉爽，秋寒还未来临，织锦的华贵被褥，铺上了精制的草席。

【赏析】

本诗是一般的闺怨诗。诗中的环境描写烘托了深秋时节已凉未寒那种特有的气氛。诗人通过描绘闺阁的装饰、陈设，表现出了主人的百无聊赖。末句颇富有韵味。前人评曰："此亦通首布景，并不露情思而情愈深远。"

韦　庄

金陵图①

江雨霏霏江草齐②，六朝如梦鸟空啼。

无情最是台城柳，依旧烟笼十里堤。

【注释】

①诗题一作《台城》，台城为六朝时建业城旧址，在今南京城内鸡鸣山北麓，玄武湖畔。

②霏霏：雨细密的样子。此句写暮春景色。

【译诗】

淫雨霏霏洒落在江中，两岸绵延着平齐的芳草。六朝的繁华早已逝去，只有鸟雀在空自鸣啼；台城的杨柳最是无情，任凭古今兴衰人事穷通，依旧，年年吐绿，笼罩着十里长堤。

【赏析】

这是一首怀古伤今之作。江雨霏霏,江草萋萋,杨柳青青,烟笼长堤,鸟儿怨啼,组合成一幅凄凉的图画。诗人借景抒情,表达了对唐代兴哀的感叹。以景言情、情致婉转是韦庄咏史诗的特点,这一首也不例外。

陈　陶

陈陶(812～885),字嵩伯,鄱阳(今江西波阳)人,一作岭南(今广东、广西一带)人,又作剑浦(今福建南平)人。大中时,游学长安,后避乱入洪州(今江西南昌市)西山学仙。其诗多写山水,亦有表现其怀才不遇的。《全唐诗》录存其诗二卷。

陇西行①

誓扫匈奴不顾身②,五千貂锦丧胡尘。
可怜无定河边骨,犹是春闺梦里人③。

【注释】

①陇西行:乐府《相和歌·瑟调曲》名。

②扫：扫荡，扫灭。

③犹：仍。春闺：指战士的妻子。

【译诗】

人人宣誓要扫荡匈奴，个个奋不顾身奋勇当先，五千名骠悍的将士，全部战死在边地沙场。可怜呵，无定河边，尽是堆堆征人的白骨；可怜呵，远方的妻子，远在梦中呼唤他们，盼望与他们相会。

【赏析】

这是有唐边塞诗中名篇。诗中前两句描述边塞战士的英勇气概和壮烈牺牲。后两句作者没有直接描写战争给人民带来的悲惨，而是匠心独运，战士早就成为河边骨，妻子不知道，还日日思念着。全诗意气消沉，风骨犹存，"可怜无定河边骨，犹是春闺梦里人"历来被评为名句。

张 泌

张泌（生卒年不详），字子澄，淮南人。在南唐曾官至中书舍人。入宋后卒。《全唐诗》录存其诗一卷。

寄 人

别梦依依到谢家，小廊回合曲阑斜^①。

多情只有春庭月，犹为离人照落花^②。

【注释】

①"小廊"句：梦中所至处，暗示与恋人幽会处，其地极为深隐。

②犹为：还为。离人：作者自称。

【译诗】

依依不舍的梦魂，牵引着离别后的思念，牵引着我，来到你的家园。回廊和曲栏依如往昔，可哪里，去寻觅你的身影？空寂的院庭，没有你，只有我，和寂寞痴情的月亮；它同情的光，照见飘落的残花，永远萦绕的，失望。

【赏析】

这是一首怀人之作。诗中前二句写梦境，久别不见，相思成梦，梦见旧日与情人相见的地方，景物依旧。后二句写梦醒望月，感到明月有情，还为远离之人照着落花。无论梦中梦醒，相思之情都浓得化不开。诗中的境界犹如一首婉约词，读来别有滋味。

无名氏

杂 诗①

近寒食雨草萋萋，著②麦苗风柳映堤。

等是有家归未得③，杜鹃休向耳边啼。

【注释】

①诗题《杂诗》，等于是无题诗。

②著：吹拂。

③等是：犹何以，即为什么之意。归未得：不得归。

【译诗】

临近了，寒食节，天上飘着绵绵的雨，地上弥漫青青的草。清风吹拂麦苗，杨柳映绿河堤。我却，孑然一身，遥望家乡不能归还。杜鹃呵，请不要向我啼鸣，唤醒我揪心的思念。

【赏析】

这首诗咏久客难归的愁思。诗的前两句是写思乡，见景生情。后两句写自己有家归不得，而杜鹃却声声叫唤"不如归去"，尤觉神伤。

乐 府

王 维

送元二使安西

渭城朝雨浥轻尘①，客舍青青柳色新②。

劝君更尽一杯酒，西出阳关无故人③。

【注释】

①渭城：即咸阳旧城，在长安西北，渭水北岸。

②客舍：旅店。

③阳关：关名，是通往西域的要道。

【译诗】

清晨的细雨，轻轻，淋湿了渭城，轻轻，沾湿了飞尘，客舍一片青青，杨柳焕然一新；在这离别的时刻，请再喝一杯，离别的美酒，要知道，走出了西边的阳关，就再见不到你的故人。

【赏析】

这是一首送别名作。前两句写景：渭城的一个早晨，下了一场小雨，洒湿了路面上的尘土。雨后客舍周围的柳树一片青翠，清新宜人，正是行人上路的时候。"劝君更尽一杯酒"，有力地表现了诗人依依惜别之情。因为西出阳关以后，故人难遇，所以劝其更饮一杯。这首诗具有很强的艺术感染力，当时被谱成乐曲，就是有名的《阳关三叠》。

秋夜曲

桂魄初生秋露微，轻罗已薄未更衣①。
银筝夜久殷勤弄，心怯空房不忍归②。

【注释】

①桂魄：指月光。
②银筝：用银饰的筝。

【译诗】

天上，走着一个弯弯的月，地上，浮着一层淡淡的雾。秋天的夜，已透出凉意，薄薄的纱衫，飘在她身上；寂寞，夜深了，手指似在筝上飞舞；她，不敢走进屋门，害怕空房清冷，空寂。

【赏析】

这是一首思妇诗。诗中的少妇在明月初上，秋露微微的深夜，虽觉凉意，仍未添衣，却在弹筝。不愿回房安睡的原因，是怕空闺清冷，无人相伴。故蘅塘退士评曰："貌为闹热，心实凄凉，非深于涉世者不知。"

王昌龄

长信怨

奉帚平明金殿开，暂将团扇共徘徊①。
玉颜不及寒鸦色，犹带昭阳日影来②。

【注释】

①暂将：暂且拿起。团扇：圆形的扇。相传班婕妤曾作《团扇诗》以团扇在秋天被捐弃，比喻自己见弃于成帝。

②昭阳：宫名，汉武帝所建，赵氏姐妹居于此，汉成帝常常住在那里。日影：喻君恩。

【译诗】

　　晨曦，洒落在长信宫，敞开的金殿，独自一人，是她，手持团扇消解寂寞；却不能，消解寂寞，枉然有美丽的容颜，也比不上乌鸦的丑黑；它带着太阳的光彩，自由地，飞进昭阳殿的上空。

【赏析】

　　这是唐代著名的宫怨诗。诗中前二句写班婕妤捧帚打扫宫殿时的偷闲和沉思，表现她孤寂无聊的精神，哀叹她如同团扇的命运。后二句以寒鸦作比，写她貌美却反不及寒鸦承恩的怨情。

　　沈德潜评曰："寒鸦带东方日影而来，见己之不如鸦也。优柔婉丽，含蕴无穷，使人一唱而三叹。"全诗构思奇特，怨意悠远。

出　塞①

秦时明月汉时关，万里长征人未还。

但使龙城飞将在，不教胡马度阴山②。

【注释】

①诗题原为乐府《横吹曲》旧题，唐时为《新乐府辞》。

②胡马：指匈奴等族军队。阴山：在今内蒙古中部，匈奴常据此侵汉。

【译诗】

月亮呵，永恒的月亮，高高挂在茫茫的夜空，照耀秦朝的边关，照耀汉朝的边关。万里征战的将士啊，至今还未归来。如果李广还在人间，决不让胡马跨过阴山。

【赏析】

这首诗是唐诗中的名篇。

诗中前两句"秦时明月汉时关，万里长征人未还"将眼前的"月"、"关"与"秦"、"汉"的战争相联系，神驰万里，写出了绵延千古之人世共同悲剧，雄浑苍茫。后两句"但使龙城飞将在，不教胡马度阴山"则写

出世世代代征人之共同愿望，深沉绵渺。明李攀龙推许
这首诗为唐人七绝压卷之作，请人评这首诗"意志绝
健，音节高亮，情思悱恻，百读不厌"。

李 白

清平调词（三首）

其 一

云想衣裳花想容，春风拂槛露华浓①。
若非群玉山头见，会向瑶台月下逢。

其 二

一枝红艳露凝香，云雨巫山枉断肠。
借问汉宫谁得似？可怜飞燕倚新妆。

其 三

名花倾国两相欢，长得君王带笑看。
解释春风无限恨，沉香亭北倚阑干②。

【注释】

①槛：栏杆。露华浓：带露的牡丹鲜艳。华：同"花"。

②阑干：即栏杆。

【译诗】

（一）飘浮的云，是你的衣裳，美丽的花，是你的容颜。春风轻轻，抚摩栏杆，浓露的牡丹，红出晶莹，啊，不是人间的佳丽，是仙女在翩翩起舞。

（二）一枝红艳的牡丹，带着朝露。散着芳香，云雨巫山的神女，纵然楚王朝思暮想，只是白白断肠。汉宫中谁能比她更美丽，赵飞燕徒劳换上新妆。

（三）名花艳，美人艳，无比美丽的和谐，时时赢得风流君王，含笑顾盼。栏杆旁，欣赏，婷婷玉立的倩影，无限的春恨，也会自然消散。

【赏析】

据《乐府诗集》引《松窗杂录》载："开元中，禁中木芍药花方繁开，帝乘照夜白（马名），太真妃以步辇从。李龟年以歌擅一时。帝曰：'赏名花，对妃子，焉用旧乐辞为？'遂命李白作《清平调》三章，令梨园子弟略抚丝竹以促歌，帝自调玉笛以倚曲。"相传当时李白酒醉未醒，玄宗让高力士为李白脱靴，杨贵妃磨墨，李白带醉赋成这组诗。这三首诗第一首以牡丹比贵妃，咏妃子的美艳；第二首运用典故，以带露之花比妃子得宠；第三首兼咏贵妃和牡丹。这组诗构思精巧，咏花咏人，难分难辨。诗中"云想衣裳花想容"等都是清新自然的佳句。

王之涣

出 塞^①

黄河远上白云间，一片孤城万仞山^②。
羌笛何须怨杨柳^③，春风不度玉门关。

【注释】

①诗题一作《凉州词》。

②孤城：指玉门关。万仞：极言其高，并非实指。仞：古代八尺为一仞。

③羌笛：西羌的一种管乐器。

【译诗】

黄河如带，绵延着遥远的云天，一座孤城，荒凉在峻岭丛山。羌笛何必，吹起悲凉的乐曲，倾诉别离的哀怨，柔和的春风，从来吹不到玉门关。

【赏析】

这首诗是诗人进入凉州听到戍卒哀怨的笛声，有所感触写下的。诗中首先极其概括地描绘出凉州苍茫的景色，以此为背景，然后转入写闻笛的感受。诗人在自然风物中寄寓了对社会人事的哀叹。明代人杨慎在《升庵诗话》中说："此诗言恩泽不及于边塞，所谓君门远于万里也。"开元中、后期，唐玄宗荒淫纵乐，不务边防，不关民生疾苦。诗人用春风不度暗喻帝王的恩泽不施于远戍征人，表达了对远戍士卒的深切同情。全诗沉郁、苍凉、悲壮。

杜秋娘

杜秋娘，据杜牧《杜秋娘诗序》云："杜秋娘，金陵女也。年十五，为李锜妾。后锜叛灭，籍之入宫，有宠于景陵（指唐宪宗）。穆宗即位，命秋为皇子傅姆。皇子壮，封漳王。……王被罪废削，秋因赐归故乡。予过金陵，感其穷且老，为之赋诗。"

金缕衣①

劝君莫惜金缕衣，劝君惜取少年时。

花开堪折直须折②，莫待无花空折枝。

【注释】

①诗题一名《金缕曲》，为曲调名。

②堪：可以，能够。直须：当即。

【译诗】

不必爱惜，金线织成的衣裳，诱惑你的身外之物；

应该珍惜，你的生命，灿烂的青春年华。鲜花盛开的时节，可要，尽情采摘，采摘你满腔的情怀，切莫在，百花零落的时候，无谓攀折，攀折那无花的空枝。

【赏析】

这首诗旨在警世。世间富贵荣华如流水，诗人并非仅劝人及时行乐，还劝人珍惜少年时光，过自爱生活，不要为外物所累。全诗韵律宛转，富有哲理，耐人寻味。

名家诗集

李白诗集

行路难

金樽清酒斗十千，玉盘珍羞直万钱。

停杯投箸不能食，拔剑四顾心茫然。

欲渡黄河冰塞川，将登太行雪满山。

闲来垂钓碧溪上，忽复乘舟梦日边。

行路难，行路难。多歧路，今安在。

长风破浪会有时，直挂云帆济沧海。

长相思

长相思，在长安。

络纬秋啼金井阑，微霜凄凄簟色寒。

孤灯不明思欲绝，卷帏望月空长叹。

美人如花隔云端，上有青冥之高天。

下有渌水之波澜，天长路远魂飞苦。

梦魂不到关山难，长相思，摧心肝。

夜坐吟

冬夜夜寒觉夜长，沉吟久坐坐北堂。

冰合井泉月入闺，金缸青凝照悲啼。

金缸灭，啼转多。掩妾泪，听君歌。

歌有声，妾有情。情声合，两无违。

一语不入意，从君万曲梁尘飞。

野田黄雀行

游莫逐炎洲翠，栖莫近吴宫燕。

吴宫火起焚巢窠，炎洲逐翠遭网罗。

萧条两翅蓬蒿下，纵有鹰隼奈若何。

侠客行

赵客缦胡缨，吴钩霜雪明。

银鞍照白马，飒沓如流星。

十步杀一人，千里不留行。

事了拂衣去，深藏身与名。

闲过信陵饮，脱剑膝前横。

将炙啖朱亥，持觞劝侯嬴。

三杯吐然诺，五岳倒为轻。

眼花耳热后，意气素霓生。

救赵挥金槌，邯郸先震惊。

千秋二壮士，烜赫大梁城。

纵死侠骨香，不惭世上英。

谁能书阁下，白首太玄经。

关山月

明月出天山，苍茫云海间。

长风几万里，吹度玉门关。

汉下白登道，胡窥青海湾。

由来征战地，不见有人还。

戍客望边邑，思归多苦颜。

高楼当此夜，叹息未应闲。

结客少年场行

紫燕黄金瞳，啾啾摇绿鬃。

平明相驰逐，结客洛门东。

少年学剑术，凌轹白猿公。

珠袍曳锦带，匕首插吴鸿。

由来万夫勇，挟此生雄风。

托交从剧孟，买醉入新丰。

笑尽一杯酒，杀人都市中。

羞道易水寒，从令日贯虹。

燕丹事不立，虚没秦帝宫。

武阳死灰人，安可与成功。

古朗月行

小时不识月，呼作白玉盘。

又疑瑶台镜，飞在青云端。

仙人垂两足，桂树何团团。

白兔捣药成，问言与谁餐。

蟾蜍蚀圆影，大明夜已残。

羿昔落九乌，天人清且安。

阴精此沦惑，去去不足观。

忧来其如何，凄怆摧心肝。

上之回

三十六离宫，楼台与天通。

阁道步行月，美人愁烟空。

恩疏宠不及，桃李伤春风。

淫乐意何极，金舆向回中。

万乘出黄道，千旗扬彩虹。

前军细柳北，後骑甘泉东。

岂问渭川老，宁邀襄野童。

但慕瑶池宴，归来乐未穷。

独不见

白马谁家子，黄龙边塞儿。

天山三丈雪，岂是远行时。

春蕙忽秋草，莎鸡鸣曲池。

风摧寒梭响，月入霜闺悲。

忆与君别年，种桃齐蛾眉。

桃今百余尺，花落成枯枝。

终然独不见，流泪空自知。

妾薄命

汉帝宠阿娇，贮之黄金屋。

咳唾落九天，随风生珠玉。

宠极爱还歇，妒深情却疏。

长门一步地，不肯暂回车。

雨落不上天，水覆难再收。

君情与妾意，各自东西流。

昔日芙蓉花，今成断根草。

以色事他人，能得几时好。

门有车马客行

门有车马宾，金鞍曜朱轮。

谓从丹霄落，乃是故乡亲。

呼儿扫中堂，坐客论悲辛。

对酒两不饮，停觞泪盈巾。

叹我万里游，飘飘三十春。

空谈帝王略，紫绶不挂身。

雄剑藏玉匣，阴符生素尘。

廓落无所合，流离湘水滨。

借问宗党间，多为泉下人。

生苦百战役，死托万鬼邻。

北风扬胡沙，埋翳周与秦。

大运且如此，苍穹宁匪仁。

恻怆竟何道，存亡任大钧。

君子有所思行

紫阁连终南，青冥天倪色。

凭崖望咸阳，宫阙罗北极。

万井惊画出，九衢如弦直。

渭水银河清，横天流不息。

朝野盛文物，衣冠何翕赩。

厩马散连山，军容威绝域。

伊皋运元化，卫霍输筋力。

歌钟乐未休，荣去老还逼。

圆光过满缺，太阳移中昃。

不散东海金，何争西飞匿。

无作牛山悲，恻怆泪沾臆。

东海有勇妇代关中有贤女

梁山感杞妻，恸哭为之倾。

金石忽暂开，都由激深情。

东海有勇妇，何惭苏子卿。

学剑越处子，超然若流星。
损躯报夫仇，万死不顾生。
白刃耀素雪，苍天感精诚。
十步两躩跃，三呼一交兵。
斩首掉国门，蹴踏五藏行。
豁此伉俪愤，粲然大义明。
北海李使君，飞章奏天庭。
舍罪警风俗，流芳播沧瀛。
名在列女籍，竹帛已光荣。
淳于免诏狱，汉主为缇萦。
津妾一棹歌，脱父于严刑。
十子若不肖，不如一女英。
豫让斩空衣，有心竟无成。
要离杀庆忌，壮夫所素轻。
妻子亦何辜，焚之买虚声。
岂如东海妇，事立独扬名。

黄葛篇

黄葛生洛溪，黄花自绵幂。
青烟蔓长条，缭绕几百尺。

闺人费素手，采缉作絺綌。

缝为绝国衣，远寄日南客。

苍梧大火落，暑服莫轻掷。

此物虽过时，是妾手中迹。

白马篇

龙马花雪毛，金鞍五陵豪。

秋霜切玉剑，落日明珠袍。

斗鸡事万乘，轩盖一何高。

弓摧南山虎，手接太行猱。

酒後竞风采，三杯弄宝刀。

杀人如剪草，剧孟同游遨。

发愤去函谷，从军向临洮。

叱咤万战场，匈奴尽奔逃。

归来使酒气，未肯拜萧曹。

羞入原宪室，荒淫隐蓬蒿。

凤吹笙曲

仙人十五爱吹笙，学得昆丘彩凤鸣。

始闻炼气餐金液，复道朝天赴玉京。

玉京迢迢几千里，凤笙去去无穷已。

欲叹离声发绛唇，更嗟别调流纤指。

此时惜别讵堪闻，此地相看未忍分。

重吟真曲和清吹，却奏仙歌响绿云。

绿云紫气向函关，访道应寻缑氏山。

莫学吹笙王子晋，一遇浮丘断不还。

塞下曲六首

其一

五月天山雪，无花只有寒。

笛中闻折柳，春色未曾看。

晓战随金鼓，宵眠抱玉鞍。

愿将腰下剑，直为斩楼兰。

其二

天兵下北荒，胡马欲南饮。

横戈从百战，直为衔恩甚。

握雪海上餐，拂沙陇头寝。

何当破月氏，然後方高枕。

其三

骏马似风飚，鸣鞭出渭桥。

弯弓辞汉月，插羽破天骄。

阵解星芒尽，营空海雾消。

功成画麟阁，独有霍嫖姚。

其四

白马黄金塞，云砂绕梦思。

那堪愁苦节，远忆边城儿。

萤飞秋窗满，月度霜闺迟。

摧残梧桐叶，萧飒沙棠枝。

无时独不见，流泪空自知。

其五

塞虏乘秋下，天兵出汉家。

将军分虎竹，战士卧龙沙。

边月随弓影，胡霜拂剑花。

玉关殊未入，少妇莫长嗟。

其六

烽火动沙漠，连照甘泉云。

汉皇按剑起，还召李将军。

兵气天上合，鼓声陇底闻。

横行负勇气，一战净妖氛。

来日大难

来日一身，携粮负薪。

道长食尽，苦口焦唇。

今日醉饱，乐过千春。

仙人相存，诱我远学。

海凌三山，陆憩五岳。

乘龙天飞，目瞻两角。

授以仙药，金丹满握。

蠮蚗蒙恩，深愧短促。

思填东海，强衔一木。

道重天地，轩师广成。

蝉翼九五，以求长生。

下士大笑，如苍蝇声。

塞上曲

大汉无中策，匈奴犯渭桥。

五原秋草绿，胡马一何骄。

命将征西极，横行阴山侧。

燕支落汉家，妇女无华色。

转战渡黄河，休兵乐事多。

萧条清万里，瀚海寂无波。

玉阶怨

玉阶生白露，夜久侵罗袜。

却下水晶帘，玲珑望秋月。

大堤曲

汉水临襄阳，花开大堤暖。

佳期大堤下，泪向南云满。

春风无复情，吹我梦魂散。

不见眼中人，天长音信断。

宫中行乐词八首

其一

小小生金屋，盈盈在紫微。

山花插宝髻，石竹绣罗衣。

每出深宫里，常随步辇归。

只愁歌舞散，化作彩云飞。

其二

柳色黄金嫩，梨花白雪香。

玉楼巢翡翠，金殿锁鸳鸯。

选妓随雕辇，徵歌出洞房。

宫中谁第一，飞燕在昭阳。

其三

卢橘为秦树，蒲萄出汉宫。

烟花宜落日，丝管醉春风。

笛奏龙吟水，萧鸣凤下空。

君王多乐事，还与万方同。

其四

玉树春归日，金宫乐事多。

後庭朝未入，轻辇夜相过。

笑出花间语，娇来竹下歌。

莫教明月去，留著醉嫦娥。

其五

绣户香风暖，纱窗曙色新。

宫花争笑日，池草暗生春。

绿树闻歌鸟，青楼见舞人。

昭阳桃李月，罗绮自相亲。

其六

今日明光里，还须结伴游。

春风开紫殿，天乐下朱楼。

艳舞全知巧，娇歌半欲羞。

更怜花月夜，宫女笑藏钩。

其七

寒雪梅中尽，春风柳上归。

宫莺娇欲醉，檐燕语还飞。

迟日明歌席，新花艳舞衣。

晚来移彩仗，行乐泥光辉。

其八

水绿南薰殿，花红北阙楼。

莺歌闻太液，凤吹绕瀛洲。

素女鸣珠佩，天人弄彩毬。

今朝风日好，宜入未央游。

入朝曲

金陵控海浦，渌水带吴京。

铙歌列骑吹，飒沓引公卿。

槌钟速严妆，伐鼓启重城。

天子凭玉几，剑履若云行。

日出照万户，簪裾烂明星。

朝罢沐浴闲，遨游阆风亭。

济济双阙下，欢娱乐恩荣。

秦女休行

西门秦氏女，秀色如琼花。

手挥白杨刀，清昼杀仇家。

罗袖洒赤血，英气凌紫霞。

直上西山去，关吏相邀遮。

婿为燕国王，身被诏狱加。

犯刑若履虎，不畏落爪牙。

素颈未及断，摧眉伏泥沙。

金鸡忽放赦，大辟得宽赊。

何惭聂政姊，万古共惊嗟。

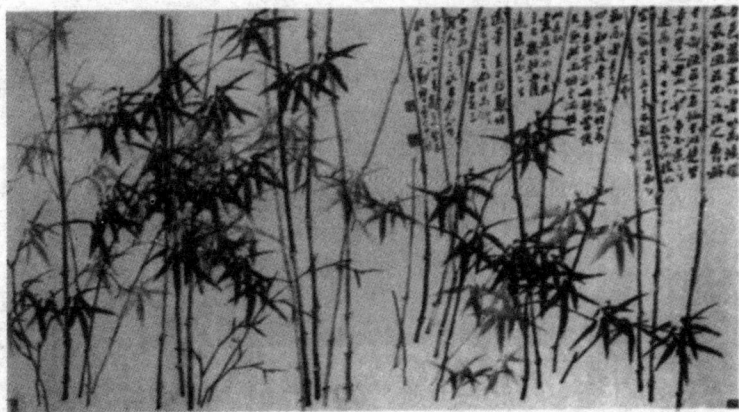

秦女卷衣

天子居未央，妾侍卷衣裳。

顾无紫宫宠，敢拂黄金床。

水至亦不去，熊来尚可挡。

微身奉日月，飘若萤之光。

愿君采蓍菲，无以下体妨。

东武吟

好古笑流俗，素闻贤达风。

方希佐明主，长揖辞成功。

白日在高天，回光烛微躬。

恭承凤凰诏，欻起云萝中。

清切紫霄迥，优游丹禁通。

君王赐颜色，声价凌烟虹。

乘舆拥翠盖，扈从金城东。

宝马丽绝景，锦衣入新丰。

依岩望松雪，对酒鸣丝桐。

因学扬子云，献赋甘泉宫。

天书美片善，清芬播无穷。

归来入咸阳，谈笑皆王公。

一朝去金马，飘落成飞蓬。

宾客日疏散，玉樽亦已空。

才力犹可倚，不惭世上雄。

闲作东武吟，曲尽情未终。

书此谢知己，吾寻黄绮翁。

邯郸才人嫁为斯养卒妇

妾本崇台女，扬蛾入丹阙。

自倚颜如花，宁知有凋歇。

一辞玉阶下，去若朝云没。

每忆邯郸城，深宫梦秋月。

君王不可见，惆怅至明发。

出自蓟北门行

虏阵横北荒，胡星耀精芒。

羽书速惊电，烽火昼连光。

虎竹救边急，戎车森已行。

明主不安席，按剑心飞扬。

推毂出猛将，连旗登战场。

兵威冲绝幕，杀气凌穹苍。

列卒赤山下，开营紫塞旁。

孟冬风沙紧，旌旗飒凋伤。

画角悲海月，征衣卷天霜。

挥刃斩楼兰，弯弓射贤王。

单于一平荡，种落自奔亡。

收功报天子，行歌归咸阳。

洛阳陌

白玉谁家郎，回车渡天津。

看花东陌上，惊动洛阳人。

短歌行

白日何短短，百年苦易满。

苍穹浩茫茫，万劫太极长。

麻姑垂两鬓，一半已成霜。

天公见玉女，大笑亿千场。

吾欲揽六龙，回车挂扶桑。

北斗酌美酒，劝龙各一觞。

富贵非所愿，与人驻颜光。

空城雀

嗷嗷空城雀，身计何戚促。

本与鹪鹩群，不随凤凰族。

提携四黄口，饮乳未尝足。

食君糠秕余，尝恐乌鸢逐。

耻涉太行险，羞营覆车粟。

天命有定端，守分绝所欲。

发白马

将军发白马，旌节度黄河。

箫鼓聒川岳，沧溟涌涛波。

武安有震瓦，易水无寒歌。

铁骑若雪山，饮流涸滹沱。

扬兵猎月窟，转战略朝那。

倚剑登燕然，边烽列嵯峨。

萧条万里外，耕作五原多。

一扫清大漠，包虎戢金戈。

枯鱼过河泣

白龙改常服，偶被豫且制。

谁使尔为鱼，徒劳诉天帝。

作书报鲸鲵，勿恃风涛势。

涛落归泥沙，翻遭蝼蚁噬。

万乘慎出入，柏人以为诫。

丁都护歌

云阳上征去，两岸饶商贾。

吴牛喘月时，拖船一何苦。

水浊不可饮，壶浆半成土。

一唱都护歌，心摧泪如雨。

万人凿磐石，无由达江浒。

君看石芒砀，掩泪悲千古。

相逢行

朝骑五花马，谒帝出银台。

秀色谁家子，云车珠箔开。

金鞭遥指点，玉勒近迟回。

夹毂相借问，疑从天上来。

蹙入青绮门，当歌共衔杯。

娇羞初解佩，语笑共衔杯。

衔杯映歌扇，似月云中见。

相见不得亲，不如不相见。

相见情已深，未语可知心。

胡为守空闺，孤眠愁锦衾。

锦衾与罗帏，缠绵会有时。

春风正澹荡，暮雨来何迟。

愿因三青鸟，更报长相思。

光景不待人，须臾发成丝。

当年失行乐，老去徒伤悲。

持此道密意，毋令旷佳期。

千里思

李陵没胡沙，苏武还汉家。

迢迢五原关，朔雪乱边花。

一去隔绝国，思归但长嗟。

鸿雁向西北，因书报天涯。

树中草

鸟衔野田草，误入枯桑里。

客土植危根，逢春犹不死。

草木虽无情，因依尚可生。

如何同枝叶，各自有枯荣。

君马黄

君马黄，我马白。

马色虽不同，人心本无隔。

共作游冶盘，双行洛阳陌。

584

长剑既照曜，高冠何赩赫。

各有千金裘，俱为五侯客。

猛虎落陷阱，壮夫时屈厄。

相知在急难，独好亦何益。

拟古

融融白玉辉，映我青蛾眉。

宝镜似空水，落花如风吹。

出门望帝子，荡漾不可期。

安得黄鹤羽，一报佳人知。

折杨柳

垂杨拂绿水，摇艳东风年。

花明玉关雪，叶暖金窗烟。

美人结长想，对此心凄然。

攀条折春色，远寄龙庭前。

少年子

青云年少子，挟弹章台左。

鞍马四边开，突如流星过。

金丸落飞鸟，夜入琼楼卧。

夷齐是何人，独守西山饿。

紫骝马

紫骝行且嘶，双翻碧玉蹄。

临流不肯渡，似惜锦障泥。

白雪关山远，黄云海戍迷。

挥鞭万里去，安得念春闺。

少年行二首

其一

击筑饮美酒，剑歌易水湄。

经过燕太子，结托并州儿。

少年负壮气，奋烈自有时。

因击鲁句践，争博勿相欺。

其二

五陵年少金市东，银鞍白马度春风。

落花踏尽游何处，笑入胡姬酒肆中。

豫章行

胡风吹代马，北拥鲁阳关。

吴兵照海雪，西讨何时还。

半渡上辽津，黄云惨无颜。

老母与子别，呼天野草间。

白马绕旌旗，悲鸣相追攀。

白杨秋月苦，早落豫章山。

本为休明人，斩虏素不闲。

岂惜战斗死，为君扫凶顽。

精感石没羽，岂云惮险艰。

楼船若鲸飞，波荡落星湾。

此曲不可奏，三军鬓成斑。

沐浴子

沐芳莫弹冠，浴兰莫振衣。

处世忌太洁，至人贵藏晖。

沧浪有钓叟，吾与尔同归。

高句骊

金花折风帽，白马小迟回。

翩翩舞广袖，似鸟海东来。

静夜思

床前明月光，疑是地上霜。

举头望明月，低头思故乡。

渌水曲

渌水明秋日，南湖采白苹。

荷花娇欲语，愁杀荡舟人。

凤凰曲

嬴女吹玉箫，吟弄天上春。

青鸾不独去，更有携手人。

影灭彩云断，遗声落西秦。

凤台曲

尝闻秦帝女，传得凤凰声。

是日逢仙子，当时别有情。

人吹彩箫去，天借绿云迎。

曲在身不返，空余弄玉名。

从军行

从军玉门道，逐虏金微山。

笛奏梅花曲，刀开明月环。

鼓声鸣海上，兵气拥云间。

愿斩单于首，长驱静铁关。

秋思

春阳如昨日，碧树鸣黄鹂。

芜然蕙草暮，飒尔凉风吹。

天秋木叶下，月冷莎鸡悲。

坐愁群芳歇，白露凋华滋。

春思

燕草如碧丝，秦桑低绿枝。

当君怀归日，是妾断肠时。

春风不相识，何事入罗帏。

秋思

燕支黄叶落，妾望白登台。

海上碧云断，单于秋色来。

胡兵沙塞合，汉使玉关回。

征客无归日，空悲蕙草摧。

对酒行

松子栖金华，安期入蓬海。

此人古之仙，羽化竟何在。

浮生速流电，倏忽变光彩。

天地无凋换，容颜有迁改。

对酒不肯饮，含情欲谁待。

估客行

海客乘天风，将船远行役。

譬如云中鸟，一去无踪迹。

捣衣篇

闺里佳人年十余，颦蛾对影恨离居。

忽逢江上春归燕，衔得云中尺素书。

玉手开缄长叹息，狂夫犹戍交河北。

万里交河水北流，愿为双燕泛中洲。

君边云拥青丝骑，妾处苔生红粉楼。

楼上春风日将歇，谁能揽镜看愁发。

晓吹员管随落花，夜捣戎衣向明月。

明月高高刻漏长，真珠帘箔掩兰堂。

横垂宝幄同心结，半拂琼筵苏合香。

琼筵宝幄连枝锦，灯烛荧荧照孤寝。

有便凭将金剪刀，为君留下相思枕。

摘尽庭兰不见君，红巾拭泪生氤氲。

明年若更征边塞，愿作阳台一断云。

长歌行

桃李待日开，荣华照当年。

东风动百物，草木尽欲言。

枯枝无丑叶，涧水吐清泉。

大力运天地，羲和无停鞭。

功名不早著，竹帛将何宣。

桃李务青春，谁能贯白日。

富贵与神仙，蹉跎成两失。

金石犹销铄，风霜无久质。

畏落日月后，强欢歌与酒。

秋霜不惜人，倏忽侵蒲柳。

江上吟

木兰之枻沙棠舟，玉箫金管坐两头。

美酒樽中置千斛，载妓随波任去留。

仙人有待乘黄鹤，海客无心随白鸥。

屈平词赋悬日月，楚王台榭空山丘。

兴酣落笔摇五岳，诗成笑傲凌沧洲。

功名富贵若长在，汉水亦应西北流。

幽歌行上新平长史兄粲

幽谷稍稍振庭柯，泾水浩浩扬湍波。

哀鸿酸嘶暮声急，愁云苍惨寒气多。

忆昨去家此为客，荷花初红柳条碧。

中宵出饮三百杯，明朝归揖二千石。

宁知流寓变光辉，胡霜萧飒绕客衣。

寒灰寂寞凭谁暖，落叶飘扬何处归。

吾兄行乐穷曛旭，满堂有美颜如玉。

赵女长歌入彩云，燕姬醉舞娇红烛。

狐裘兽炭酌流霞，壮士悲吟宁见嗟。

前荣後枯相翻覆，何惜余光及棣华。

西岳云台歌送丹丘子

西岳峥嵘何壮哉，黄河如丝天际来。

黄河万里触山动，盘涡毂转秦地雷。

荣光休气纷五彩，千年一清圣人在。

巨灵咆哮擘两山，洪波喷箭射东海。

三峰却立如欲摧，翠崖丹谷高掌开。

白帝金精运元气，石作莲花云作台。

云台阁道连窈冥，中有不死丹丘生。

明星玉女备洒扫，麻姑搔背指爪轻。

我皇手把天地户，丹丘谈天与天语。

九重出入生光辉，东来蓬莱复西归。

玉浆傥惠故人饮，骑二茅龙上天飞。

扶风豪士歌

洛阳三月飞胡沙，洛阳城中人怨嗟。

天津流水波赤血，白骨相撑如乱麻。

我亦东奔向吴国，浮云四塞道路赊。

东方日出啼早鸦，城门人开扫落花。

梧桐杨柳拂金井，来醉扶风豪士家。

扶风豪士天下奇，意气相倾山可移。

作人不倚将军势，饮酒岂顾尚书期。

雕盘绮食会众客，吴歌赵舞香风吹。

原尝春陵六国时，开心写意君所知。

堂中各有三千士，明日报恩知是谁。

抚长剑，一扬眉，清水白石何离离。

脱吾帽，向君笑，饮君酒，为君吟。

张良未逐赤松去，桥边黄石知我心。

东山吟

携妓东土山，怅然悲谢安。

我妓今朝如花月，他妓古坟荒草寒。

白鸡梦後三百岁，洒酒浇君同所欢。

酣来自作青海舞，秋风吹落紫绮冠。

彼亦一时，此亦一时。

浩浩洪流之咏何必奇。

僧伽歌

真僧法号号僧伽，有时与我论三车。

问言诵咒几千遍，口道恒河沙复沙。

此僧本住南天竺，为法头陀来此国。

戒得长天秋月明，心如世上青莲色。

意清净，貌棱棱，亦不减，亦不增。

瓶里千年铁柱骨，手中万岁胡孙藤。

嗟予落魄江淮久，罕遇真僧说空有。

一言散尽波罗夷，再礼浑除犯轻垢。

当涂赵炎少府粉图山水歌

峨眉高出西极天，罗浮直与南溟连。

名工绎思挥彩笔，驱山走海置眼前。

满堂空翠如可扫，赤城霞气苍梧烟。

洞庭潇湘意渺绵，三江七泽情洄沿。

惊涛汹涌向何处，孤舟一去迷归年。

征帆不动亦不旋，飘如随风落天边。

心摇目断兴难尽，几时可到三山巅。

西峰峥嵘喷流泉，横石蹙水波潺湲。

东崖合沓蔽轻雾，深林杂树空芊绵。

此中冥昧失昼夜，隐几寂听无鸣蝉。

长松之下列羽客，对坐不语南昌仙。

南昌仙人赵夫子，妙年历落青云士。

讼庭无事罗众宾，杳然如在丹青里。

五色粉图安足珍，真仙可以全吾身。

若待功成拂衣去，武陵桃花笑杀人。

上皇西巡南京歌十首

其一

胡尘轻拂建章台，圣主西巡蜀道来。

剑壁门高五千尺，石为楼阁九天开。

其二

九天开出一成都，万户千门入画图。

草树云山如锦绣，秦川得及此间无。

其三

华阳春树号新丰，行入新都若旧宫。

柳色未饶秦地绿，花光不灭上阳红。

其四

谁道君王行路难，六龙西幸万人欢。

地转锦江成渭水，天回玉垒作长安。

其五

万国同风共一时，锦江何谢曲江池。

石镜更明天上月，後宫亲得照蛾眉。

其六

濯锦清江万里流，云帆龙舸下扬州。

北地虽夸上林苑，南京还有散花楼。

其七

锦水东流绕锦城，星桥北挂象天星。

四海此中朝圣主，峨眉山下列仙庭。

其八

秦开蜀道置金牛，汉水元通星汉流。

天子一行遗圣迹，锦城长作帝王州。

其九

水绿天青不起尘，风光和暖胜三秦。

万国烟花随玉辇，西来添作锦江春。

其十

剑阁重关蜀北门，上皇归马若云屯。

少帝长安开紫极，双悬日月照乾坤。

峨眉山月歌

峨眉山月半轮秋，影入平羌江水流。

夜发清溪向三峡，思君不见下渝州。

峨眉山月歌送蜀僧晏入中京

我在巴东三峡时，西看明月忆峨眉。

月出峨眉照沧海，与人万里长相随。

黄鹤楼前月华白，此中忽见峨眉客。

峨眉山月还送君，风吹西到长安陌。

长安大道横九天，峨眉山月照秦川。

黄金狮子乘高座，白玉麈尾谈重玄。

我似浮云滞吴越，君逢圣主游丹阙。

一振高名满帝都，归时还弄峨眉月。

赤壁歌送别

二龙争战决雌雄，赤壁楼船扫地空。

烈火张天照云海，周瑜于此破曹公。

君去沧江望澄碧，鲸鲵唐突留余迹。

一一书来报故人，我欲因之壮心魄。

古意

君为女萝草，妾作兔丝花。

轻条不自引，为逐春风斜。

百丈托远松，缠绵成一家。

谁言会面易，各在青山崖。

女萝发馨香，兔丝断人肠。

枝枝相纠结，叶叶竞飘扬。

生子不知根，因谁共芬芳。

中巢双翡翠，上宿紫鸳鸯。

若识二草心，海潮亦可量。

山鹧鸪词

苦竹岭头秋月辉，苦竹南枝鹧鸪飞。

嫁得燕山胡雁婿，欲衔我向雁门归。

山鸡翟雉来相劝，南禽多被北禽欺。

紫塞严霜如剑戟，苍梧欲巢难背违。

我今誓死不能去，哀鸣惊叫泪沾衣。

草书歌行

少年上人号怀素，草书天下称独步。

墨池飞出北溟鱼，笔锋杀尽中山兔。

八月九月天气凉，酒徒词客满高堂。

笺麻素绢排数厢，宣州石砚墨色光。

吾师醉后倚绳床，须臾扫尽数千张。

飘风骤雨惊飒飒，落花飞雪何茫茫。

起来向壁不停手，一行数字大如斗。

恍恍如闻神鬼惊，时时只见龙蛇走。

左盘右蹙如惊电，状同楚汉相攻战。

湖南七郡凡几家，家家屏障书题遍。

王逸少，张伯英，古来几许浪得名。

张颠老死不足数，我师此义不师古。

古来万事贵天生，何必要公孙大娘浑脱舞。

赠孟浩然

吾爱孟夫子，风流天下闻。

红颜弃轩冕，白首卧松云。

醉月频中圣，迷花不事君。

高山安可仰，徒此揖清芬。

赠从兄襄阳少府皓

结发未识事，所交尽豪雄。

却秦不受赏，击晋宁为功。

脱身白刃里，杀人红尘中。

当朝揖高义，举世称英雄。

小节岂足言，退耕春陵东。

归来无产业，生事如转蓬。

一朝乌裘敝，百镒黄金空。

弹剑徒激昂，出门悲路穷。

吾兄青云士，然诺闻诸公。

所以陈片言，片言贵情通。

棣华倘不接，甘与秋草同。

淮海对雪赠傅霭

朔雪落吴天，从风渡溟渤。

海树成阳春，江沙皓明月。

飘摇四荒外，想象千花发。

瑶草生阶墀，玉尘散庭阙。

兴从剡溪起，思绕梁园发。

寄君郢中歌，曲罢心断绝。

剡溪兴空在，郢路歌未歇。

寄君梁父吟，曲尽心断绝。

赠徐安宜

白田见楚老，歌咏徐安宜。

制锦不择地，操刀良在兹。

清风动百里，惠化闻京师。

浮人若云归，耕种满郊岐。

川光净麦陇，日色明桑枝。

讼息但长啸，宾来或解颐。

青橙拂户牖，白水流园池。

游子滞安邑，怀恩未忍辞。

翳君树桃李，岁晚托深期。

赠任城卢主簿

海鸟知天风，窜身鲁门东。

临觞不能饮，矫翼思凌空。

钟鼓不为乐，烟霜谁与同。

归飞未忍去，流泪谢鸳鸿。

早秋赠裴十七仲堪

远海动风色，吹愁落天崖。

南星变大火，热气余丹霞。

光景不可回，六龙转天车。

荆人泣美玉，鲁叟悲匏瓜。

功业若梦里，抚琴发长嗟。

裴生信英迈，屈起多才华。

历抵海岱豪，结交鲁朱家。

复携两少女，艳色惊荷葩。

双歌入青云，但惜白日斜。

穷溟出宝贝，大泽饶龙蛇。

明主傥见收，烟霞路非赊。

时命若不会，归应炼丹砂。

知飞万里道，勿使岁寒嗟。

赠范金卿二首

其一

君子枉清盼，不知东走迷。

离家来几月，络纬鸣中闺。

桃李君不言，攀花愿成蹊。

那能吐芳信，惠好相招携。

我有结绿珍，久藏浊水泥。

时人弃此物，乃与燕珉齐。

摭拭欲赠之，申眉路无梯。

辽东惭白豕，楚客羞山鸡。

徒有献芹心，终流泣玉啼。

只应自索漠，留舌示山妻。

其二

范宰不买名，弦歌对前楹。

为邦默自化，日觉冰壶清。

百里鸡犬静，千庐机杼鸣。

浮人少荡析，爱客多逢迎。

游子睹嘉政，因之听颂声。

赠瑕丘王少府

皎皎鸾凤姿，飘飘神仙气。

梅生亦何事，来作南昌尉。

清风佐鸣琴，寂寞道为贵。

一见过所闻，操持难与群。

毫挥鲁邑讼，目送瀛洲云。

我隐屠钓下，尔当玉石分。

无由接高论，空此仰清芬。

东鲁见狄博通

去年别我向何处，有人传道游江东。
谓言挂席渡沧海，却来应是无长风。

见京兆韦参军量移东阳二首

其一

潮水还归海，流人却到吴。
相逢问愁苦，泪尽日南珠。

其二

闻说金华渡，东连五百滩。
全胜若耶好，莫道此行难。
猿啸千溪合，松风五月寒。
他年一携手，摇艇入新安。

赠韦秘书子春

谷口郑子真，躬耕在岩石。

高名动京师，天下皆籍籍。

斯人竟不起，云卧从所适。

苟无济代心，独善亦何益。

惟君家世者，偃息逢休明。

谈天信浩荡，说剑纷纵横。

谢公不徒然，起来为苍生。

秘书何寂寂，无乃羁豪英。

且复归碧山，安能恋金阙。

旧宅樵渔地，蓬蒿已应没。

却顾女几峰，胡颜见云月。

徒为风尘苦，一官已白发。

气同万里合，访我来琼都。

披云睹青天，扪虱话良图。

留侯将绮里，出处未云殊。

终与安社稷，功成去五湖。

赠韦侍御黄裳二首

其一

太华生长松，亭亭凌霜雪。

天与百尺高，岂为微飚折。

桃李卖阳艳，路人行且迷。

春光扫地尽，碧叶成黄泥。

愿君学长松，慎勿作桃李。

受屈不改心，然後知君子。

其二

见君乘骢马，知上太山道。

此地果摧轮，全身以为宝。

我如丰年玉，弃置秋田草。

但勖冰壶心，无为叹衰老。

赠薛校书

我有吴越曲，无人知此音。

姑苏成蔓草，麋鹿空悲吟。

未夸观涛作，空郁钓鳌心。

举手谢东海，虚行归故林。

赠何七判官昌浩

有时忽惆怅，匡坐至夜分。

平明空啸咤，思欲解世纷。

心随长风去，吹散万里云。

羞作济南生，九十诵古文。

不然拂剑起，沙漠收奇勋。

老死阡陌间，何因扬清芬。

夫子今管乐，英才冠三军。

终与同出处，岂将沮溺群。

读诸葛武侯传书怀赠长安崔少府叔封昆季

汉道昔云季，群雄方战争。

霸图各未立，割据资豪英。

赤伏起颓运，卧龙得孔明。

当其南阳时，陇亩躬自耕。

鱼水三顾合，风云四海生。

武侯立岷蜀，壮志吞咸京。

何人先见许，但有崔州平。

余亦草间人，颇怀拯物情。

晚途值子玉，华发同衰荣。

托意在经济，结交为弟兄。

毋令管与鲍，千载独知名。

赠郭将军

将军少年出武威，入掌银台护紫微。

平明拂剑朝天去，薄暮垂鞭醉酒归。

爱子临风吹玉笛，美人向月舞罗衣。

畴昔雄豪如梦里，相逢且欲醉春晖。

今日相逢俱失路，何年灞上弄春晖。

驾去温泉后赠杨山人

少年落魄楚汉间，风尘萧瑟多苦颜。

自言管葛竟谁许，长吁莫错还闭关。

一朝君王垂拂拭，剖心输丹雪胸臆。

忽蒙白日回景光，直上青云生羽翼。

幸陪鸾辇出鸿都，身骑飞龙天马驹。

王公大人借颜色，金璋紫绶来相趋。

当时结交何纷纷，片言道合惟有君。

待吾尽节报明主，然後相携卧白云。

温泉侍从归逢故人

汉帝长杨苑，夸胡羽猎归。

子云叨侍从，献赋有光辉。

激赏摇天笔，承恩赐御衣。

逢君奏明主，他日共翻飞。

赠裴十四

朝见裴叔则，朗如行玉山。

黄河落天走东海，万里写入胸怀间。

身骑白鼋不敢度，金高南山买君顾。

徘徊六合无相知，飘若浮云且西去。

赠崔侍郎

黄河二尺鲤，本在孟津居。

点额不成龙，归来伴凡鱼。

故人东海客，一见借吹嘘。

风涛傥相见，更欲凌昆墟。

何当赤车使，再往召相如。

述德兼陈情上哥舒大夫

天为国家孕英才，森森矛戟拥灵台。

浩荡深谋喷江海，纵横逸气走风雷。

丈夫立身有如此，一呼三军皆披靡。

卫青谩作大将军，白起真成一竖子。

赠参寥子

白鹤飞天书，南荆访高士。

五云在岘山，果得参寥子。

肮脏辞故园，昂藏入君门。

天子分玉帛，百官接话言。

毫墨时洒落，探玄有奇作。

著论穷天人，千春秘麟阁。

长揖不受官，拂衣归林峦。

余亦去金马，藤萝同所欢。

相思在何处，桂树青云端。

赠饶阳张司户燧

朝饮苍梧泉，夕栖碧海烟。

宁知鸾凤意，远托椅桐前。

慕蔺岂曩古，攀嵇是当年。

愧非黄石老，安识子房贤。

功业嗟落日，容华弃徂川。

一语已道意，三山期著鞭。

蹉跎人间世，寥落壶中天。

独见游物祖，探元穷化先。

何当共携手，相与排冥筌。

赠郭季鹰

河东郭有道，于世若浮云。

盛德无我位，清光独映君。

耻将鸡并食，长与凤为群。

一击九千仞，相期凌紫氛。

邺中赠王大

一身竟无托，远与孤蓬征。

千里失所依，复将落叶并。

中途偶良朋，问我将何行。

欲献济时策，此心谁见明。

君王制六合，海塞无交兵。

壮士伏草间，沉忧乱纵横。

飘飘不得意，昨发南都城。

紫燕枥下嘶，青萍匣中鸣。

投躯寄天下，长啸寻豪英。

耻学琅琊人，龙蟠事躬耕。

富贵吾自取，建功及春荣。

我愿执尔手，尔方达我情。

相知同一己，岂惟弟与兄。

抱子弄白云，琴歌发清声。

临别意难尽，各希存令名。

赠华州王司士

淮水不绝涛澜高，盛德未泯生英髦。

知君先负庙堂器，今日还须赠宝刀。

赠卢徵君昆弟

明主访贤逸，云泉今已空。

二卢竟不起，万乘高其风。

河上喜相得，壶中趣每同。

沧州即此地，观化游无穷。

水落海上清，鳌背睹方蓬。

与君弄倒影，携手凌星虹。

赠新平少年

韩信在淮阴，少年相欺凌。

屈体若无骨，壮心有所凭。

一遭龙颜君，啸咤从此兴。

千金答漂母，万古共嗟称。

而我竟何为，寒苦坐相仍。

长风入短袂，两手如怀冰。

故友不相恤，新交宁见矜。

摧残槛中虎，羁绁韝上鹰。

何时腾风云，搏击申所能。

走笔赠独孤驸马

都尉朝天跃马归，香风吹人花乱飞。

银鞍紫鞓照云日，左顾右盼生光辉。

是时仆在金门里，待诏公车谒天子。

长揖蒙垂国士恩，壮心剖出酬知己。

一别蹉跎朝市间，青云之交不可攀。

傥其公子重回顾，何必侯嬴长抱关。

赠嵩山焦炼师并序

嵩丘有神人焦炼师者，不知何许妇人也，又云生于齐梁时，其年貌可称五六十，常胎息绝谷，居少室庐，游行若飞，倏忽万里，世或传其入东海，登蓬莱，竟莫能测其往也，余访道少室，尽登三十六峰，闻风有寄，洒翰遥赠。

二室凌青天，三花含紫烟。

中有蓬海客，宛疑麻姑仙。

道在喧莫染，迹高想已绵。

时餐金鹅蕊，屡读青苔篇。

八极恣游憩，九垓长周旋。

下瓢酌颍水，舞鹤来伊川。

还归空山上，独拂秋霞眠。

萝月挂朝镜，松风鸣夜弦。

潜光隐嵩岳，炼魄栖云幄。

霓裳何飘摇，凤吹转绵邈。

愿同西王母，下顾东方朔。

紫书傥可传，铭骨誓相学。

口号赠徵君鸿此公时被征

陶令辞彭泽，梁鸿入会稽。

我寻高士传，君与古人齐。

云卧留丹壑，天书降紫泥。

不知杨伯起，早晚向关西。

上李邕

大鹏一日同风起，扶摇直上九万里。

假令风歇时下来，犹能簸却沧溟水。

世人见我恒殊调，闻余大言皆冷笑。

宣父犹能畏後生，丈夫未可轻年少。

赠张公洲革处士

列子居郑圃，不将众庶分。

革侯遁南浦，常恐楚人闻。

抱瓮灌秋蔬，心闲游天云。

每将瓜田叟，耕种汉水滨。

时登张公洲，入兽不乱群。

井无桔槔事，门绝刺绣文。

长揖二千石，远辞百里君。

斯为真隐者，吾党慕清芬。

秋日炼药院镊白发赠元六兄林宗

木落识岁秋，瓶冰知天寒。

桂枝日已绿，拂雪凌云端。

弱龄接光景，矫翼攀鸿鸾。

投分三十载，荣枯同所欢。

长吁望青云，镊白坐相看。

秋颜入晓镜，壮发凋危冠。

穷与鲍生贾，饥从漂母餐。

时来极天人，道在岂吟叹。

乐毅方适赵，苏秦初说韩。

卷舒固在我，何事空摧残。

忆襄阳旧游赠马少府巨

昔为大堤客，曾上山公楼。

开窗碧嶂满，拂镜沧江流。

高冠佩雄剑，长揖韩荆州。

此地别夫子，今来思旧游。

朱颜君未老，白发我先秋。

壮志恐蹉跎，功名若云浮。

归心结远梦，落日悬春愁。

空思羊叔子，堕泪岘山头。

何时共携手，更醉岘山头。

对雪献从兄虞城宰

昨夜梁园里，弟寒兄不知。

庭前看玉树，肠断忆连枝。

访道安陵遇盖还为余造真箓临别留赠

清水见白石，仙人识青童。

安陵盖夫子，十岁与天通。

悬河与微言，谈论安可穷。

能令二千石，抚背惊神聪。

挥毫赠新诗，高价掩山东。

至今平原客，感激慕清风。

学道北海仙，传书蕊珠宫。

丹田了玉阙，白日思云空。

为我草真箓，天人惭妙工。

七元洞豁落，八角辉星虹。

三灾荡璇玑，蛟龙翼微躬。

举手谢天地，虚无齐始终。

黄金满高堂，答荷难克充。

下笑世上士，沉魂北罗酆。

昔日万乘坟，今成一科蓬。

赠言若可重，实此轻华嵩。

赠崔郎中宗之时谪官金陵

胡雁拂海翼，翱翔鸣素秋。

惊云辞沙朔，飘荡迷河洲。

有如飞蓬人，去逐万里游。

登高望浮云，仿佛如旧丘。

日从海旁没，水向天边流。

长啸倚孤剑，目极心悠悠。

岁晏归去来，富贵安可求。

仲尼七十说，历聘莫见收。

鲁连逃千金，圭组岂可酬。

时哉苟不会，草木为我俦。

希君同携手，长往南山幽。

赠崔咨议

绿骥本天马，素非伏枥驹。

长嘶向清风，倏忽凌九区。

何言西北至，却走东南隅。

世道有翻覆，前期难豫图。

希君一剪拂，犹可骋中衢。

赠升州王使君忠臣

六代帝王国，三吴佳丽城。

贤人当重寄，天子借高名。

巨海一边静，长江万里清。

应须救赵策，未肯弃侯嬴。

赠裴司马

翡翠黄金缕，绣成歌舞衣。

若无云间月，谁可比光辉。

秀色一如此，多为众女讥。

君恩移昔爱，失宠秋风归。

愁苦不窥邻，泣上流黄机。

天寒素手冷，夜长烛复微。

十日不满匹，鬓蓬乱若丝。

犹是可怜人，容华世中稀。

向君发皓齿，顾我莫相违。

赠从孙义兴宰铭

天子思茂宰，天枝得英才。

朗然清秋月，独出映吴台。

落笔生绮绣，操刀振风雷。

蠖屈虽百里，鹏骞望三台。

退食无外事，琴堂向山开。

绿水寂以闲，白云有时来。

河阳富奇藻，彭泽纵名杯。

所恨不见之，犹如仰昭回。

元恶昔滔天，疲人散幽草。

惊川无活鳞，举邑罕遗老。

誓雪会稽耻，将奔宛陵道。

亚相素所重，投刃应桑林。

独坐伤激扬，神融一开襟。

弦歌欣再理，和乐醉人心。

蠹政除害马，倾巢有归禽。

壶浆候君来，聚舞共讴吟。

农人弃蓑笠，蚕女堕缨簪。

欢笑相拜贺，则知惠爱深。

历职吾所闻，称贤尔为最。

化洽一邦上，名驰三江外。

峻节贯云霄，通方堪远大。

能文变风俗，好客留轩盖。

他日一来游，因之严光濑。

草创大还赠柳官迪

天地为橐龠，周流行太易。

造化合元符，交媾腾精魄。

自然成妙用，孰知其指的。

罗络四季间，绵微无一隙。

日月更出没，双光岂云只。

姹女乘河车，黄金充辕轭。

执枢相管辖，摧伏伤羽翮。

朱鸟张炎威，白虎守本宅。

相煎成苦老，消铄凝津液。

仿佛明窗尘，死灰同至寂。

捣冶入赤色，十二周律历。

赫然称大还，与道本无隔。

白日可抚弄，清都在咫尺。

北酆落死名，南斗上生籍。

抑予是何者，身在方士格。

才术信纵横，世途自轻掷。

吾求仙弃俗，君晓损胜益。

不向金阙游，思为玉皇客。

鸾车速风电，龙骑无鞭策。

一举上九天，相携同所适。

赠崔司户文昆季

双珠出海底，俱是连城珍。

明月两特达，余辉旁照人。

英声振名都，高价动殊邻。

岂伊箕山故，特以风期亲。

惟昔不自媒，担簦西入秦。

攀龙九天上，忝列岁星臣。

布衣侍丹墀，密勿草丝纶。

才微惠渥重，谗巧生淄磷。

一去已十载，今来复盈旬。

清霜入晓鬓，白露生衣巾。

侧身绿水亭，开门列华茵。

千金散义士，四坐无凡宾。

欲折月中桂，持为寒者薪。

路旁已窃笑，天路将何因。

垂恩傥丘山，报德有微身。

赠溧阳宋少府陟

李斯未相秦，且逐东门兔。

宋玉事襄王，能为高唐赋。

常闻绿水曲，忽此相逢遇。

扫洒青天开，豁然披云雾。

葳蕤紫鸳鸯，巢在昆山树。

惊风西北吹，飞落南溟去。

早怀经济策，特受龙颜顾。

白玉栖青蝇，君臣忽行路。

人生感分义，贵欲呈丹素。

何日清中原，相期廓天步。

戏赠郑溧阳

陶令日日醉，不知五柳春。

素琴本无弦，漉酒用葛巾。

清风北窗下，自谓羲皇人。

何时到栗里，一见平生亲。

赠僧崖公

昔在朗陵东，学禅白眉空。

大地了镜彻，回旋寄轮风。

揽彼造化力，持为我神通。

晚谒泰山君，亲见日没云。

中夜卧山月，拂衣逃人群。

授余金仙道，旷劫未始闻。

冥机发天光，独朗谢垢氛。

虚舟不系物，观化游江濆。

江濆遇同声，道崖乃僧英。

说法动海岳，游方化公卿。

手秉玉麈尾，如登白楼亭。

微言注百川，娓娓信可听。

一风鼓群有，万籁各自鸣。

启闭八窗牖，托宿掣电霆。

自言历天台，搏壁蹑翠屏。

凌兢石桥去，恍惚入青冥。

昔往今来归，绝景无不经。

何日更携手，乘杯向蓬瀛。

游溧阳北湖亭望瓦屋山怀古赠同旅

朝登北湖亭，遥望瓦屋山。

天清白露下，始觉秋风还。

游子托主人，仰观眉睫间。

目色送飞鸿，邈然不可攀。

长吁相劝勉，何事来吴关。

闻有贞义女，振穷溧水湾。

清光了在眼，白日如披颜。

高坟五六墩，崒兀栖猛虎。

遗迹翳九泉，芳名动千古。

子胥昔乞食，此女倾壶浆。

运开展宿愤，入楚鞭平王。

凛冽天地间，闻名若怀霜。

壮夫或未达，十步九太行。

与君拂衣去，万里同翱翔。

赠秋浦柳少府

秋浦旧萧索，公庭人吏稀。

因君树桃李，此地忽芳菲。

摇笔望白云，开帘当翠微。

时来引山月，纵酒酣清晖。

而我爱夫子，淹留未忍归。

陈情赠友人

延陵有宝剑，价重千黄金。

观风历上国，暗许故人深。

归来挂坟松，万古知其心。

懦夫感达节，壮士激青衿。

鲍生荐夷吾，一举置齐相。

斯人无良朋，岂有青云望。

临财不苟取，推分固辞让。

後世称其贤，英风邈难尚。

论交但若此，友道孰云丧。

多君骋逸藻，掩映当时人。

舒文振颓波，秉德冠彝伦。

卜居乃此地，共井为比邻。

清琴弄云月，美酒娱冬春。

薄德中见捐，忽之如遗尘。

英豪未豹变，自古多艰辛。

他人纵以疏，君意宜独亲。

奈何成离居，相去复几许。

飘风吹云霓，蔽目不得语。

投珠冀相报，按剑恐相拒。

所思采芳兰，欲赠隔荆渚。

沉忧心若醉，积恨泪如雨。

愿假东壁辉，余光照贫女。

赠从弟冽

楚人不识凤，重价求山鸡。

献主昔云是，今来方觉迷。

自居漆园北，久别咸阳西。

风飘落日去，节变流莺啼。

桃李寒未开，幽关岂来蹊。

逢君发花萼，若与青云齐。

及此桑叶绿，春蚕起中闺。

日出布谷鸣，田家拥锄犁。

顾余乏尺土，东作谁相携。

傅说降霖雨，公输造云梯。

羌戎事未息，君子悲涂泥。

报国有长策，成功羞执圭。

无由谒明主，杖策还蓬藜。

他年尔相访，知我在磻溪。

赠闾丘处士

贤人有素业，乃在沙塘陂。

竹影扫秋月，荷衣落古池。

闲读山海经，散帙卧遥帷。

且耽田家乐，遂旷林中期。

野酌劝芳酒，园蔬烹露葵。

如能树桃李，为我结茅茨。

赠钱徵君少阳

白玉一杯酒，绿杨三月时。
春风余几日，两鬓各成丝。
秉烛唯须饮，投竿也未迟。
如逢渭川猎，犹可帝王师。

赠宣州灵源寺仲浚公

敬亭白云气，秀色连苍梧。
下映双溪水，如天落镜湖。
此中积龙象，独许浚公殊。
风韵逸江左，文章动海隅。
观心同水月，解领得明珠。
今日逢支遁，高谈出有无。

赠僧朝美

水客凌洪波，长鲸涌溟海。

百川随龙舟，嘘吸竟安在。

中有不死者，探得明月珠。

高价倾宇宙，余辉照江湖。

苞卷金缕褐，萧然若空无。

谁人识此宝，窃笑有狂夫。

了心何言说，各勉黄金躯。

赠僧行融

梁有汤惠休，常从鲍照游。

峨眉史怀一，独映陈公出。

卓绝二道人，结交凤与麟。

行融亦俊发，吾知有英骨。

海若不隐珠，骊龙吐明月。

大海乘虚舟，随波任安流。

赋诗旃檀阁，纵酒鹦鹉洲。

待我适东越，相携上白楼。

登敬亭山南望怀古赠窦主簿

敬亭一回首，目尽天南端。

仙者五六人，常闻此游盘。

溪流琴高水，石耸麻姑坛。

白龙降陵阳，黄鹤呼子安。

羽化骑日月，云行翼鸳鸾。

下视宇宙间，四溟皆波澜。

汰绝目下事，从之复何难。

百岁落半途，前期浩漫漫。

强食不成味，清晨起长叹。

愿随子明去，炼火烧金丹。

经乱後将避地剡中留赠崔宣城

双鹅飞洛阳，五马渡江徼。

何意上东门，胡雏更长啸。

中原走豺虎，烈火焚宗庙。

太白昼经天，颓阳掩余照。

王城皆荡覆，世路成奔峭。

四海望长安，颦眉寡西笑。

苍生疑落叶，白骨空相吊。

连兵似雪山，破敌谁能料。

我垂北溟翼，且学南山豹。

崔子贤主人，欢娱每相召。

胡床紫玉笛，却坐青云叫。

杨花满州城，置酒同临眺。

忽思剡溪去，水石远清妙。

雪尽天地明，风开湖山貌。

闷为洛生咏，醉发吴越调。

赤霞动金光，日足森海峤。

独散万古意，闲垂一溪钓。

猿近天上啼，人移月边棹。

无以墨绶苦，来求丹砂要。

华发长折腰，将贻陶公诮。

安陆白兆山桃花岩寄刘侍御绾

云卧三十年，好闲复爱仙。

蓬壶虽冥绝，鸾鹤心悠然。

归来桃花岩，得憩云窗眠。

幼采紫房谈，早爱沧溟仙。

心迹颇相误，世事空徂迁。

归来丹岩曲，得憩青霞眠。

对岭人共语，饮潭猿相连。

时升翠微上，邈若罗浮巅。

两岑抱东壑，一嶂横西天。

树杂日易隐，崖倾月难圆。

芳草换野色，飞萝摇春烟。

入远构石室，选幽开上田。

独此林下意，杳无区中缘。

永辞霜台客，千载方来旋。

淮南卧病书怀寄蜀中赵徵君蕤

吴会一浮云，飘如远行客。

万里无主人，一身独为客。

功业莫从就，岁光屡奔迫。

良图俄弃捐，衰疾乃绵剧。

古琴藏虚匣，长剑挂空壁。

楚冠怀钟仪，越吟比庄舄。

国门遥天外，乡路远山隔。

卧来恨已久，兴发思逾积。

朝忆相如台，夜梦子云宅。

旅情初结缉，秋气方寂历。

风入松下清，露出草间白。

故人不可见，幽梦谁与适。

寄书西飞鸿，赠尔慰离析。

寄弄月溪吴山人

尝闻庞德公，家住洞湖水。

终身栖鹿门，不入襄阳市。

夫君弄明月，灭影清淮里。

高踪邈难追，可与古人比。

清扬杳莫睹，白云空望美。

待我辞人间，携手访松子。

秋山寄卫慰张卿及王徵君

何以折相赠，白花青桂枝。

月华若夜雪，见此令人思。

虽然剡溪兴，不异山阴时。

明发怀二子，空吟招隐诗。

夕霁杜陵登楼寄韦繇

浮阳灭霁景，万物生秋容。

登楼送远目，伏槛观群峰。

原野旷超缅，关河纷杂重。

清晖映竹日，翠色明云松。

蹈海寄遐想，还山迷旧踪。

徒然迫晚暮，未果谐心胸。

结桂空伫立，折麻恨莫从。

思君达永夜，长乐闻疏钟。

春日独坐寄郑明府

燕麦青青游子悲，河堤弱柳郁金枝。

长条一拂春风去，尽日飘扬无定时。

我在河南别离久，那堪坐此对窗牖。

情人道来竟不来，何人共醉新丰酒。

寄淮南友人

红颜悲旧国，青岁歇芳洲。

不待金门诏，空持宝剑游。

海云迷驿道，江月隐乡楼。

复作淮南客，因逢桂树留。

沙丘城下寄杜甫

我来竟何事，高卧沙丘城。

城边有古树，日夕连秋声。

鲁酒不可醉，齐歌空复情。

思君若汶水，浩荡寄南征。

月夜江行寄崔员外宗之

飘飘江风起，萧飒海树秋。

登舻美清夜，挂席移轻舟。

月随碧山转，水合青天流。

杳如星河上，但觉云林幽。

归路方浩浩，徂川去悠悠。

徒悲蕙草歇，复听菱歌愁。

岸曲迷后浦，沙明瞰前洲。

怀君不可见，望远增离忧。

宿白鹭洲寄杨江宁

朝别朱雀门，暮栖白鹭洲。

波光摇海月，星影入城楼。

望美金陵宰，如思琼树忧。

徒令魂入梦，翻觉夜成秋。

绿水解人意，为余西北流。

因声玉琴里，荡漾寄君愁。

新林浦阻风寄友人

潮水定可信，天风难与期。

清晨西北转，薄暮东南吹。

以此难挂席，佳期益相思。

海月破圆影，菰蒋生绿池。

昨日北湖梅，开花已满枝。

今朝东门柳，夹道垂青丝。

岁物忽如此，我来定几时。

纷纷江上雪，草草客中悲。

明发新林浦，空吟谢朓诗。

金陵阻风雪书怀寄杨江宁

潮水定可信，天风难与期。

清晨西北转，薄暮东南吹。

以此难挂席，沿洄颇淹迟。

使索金陵书，又叨贤宰知。

弦歌止过客，惠化闻京师。

岁物忽如此，我来复几时。

纷纷江上雪，草草客中悲。

明发新林浦，空吟谢朓诗。

北山独酌寄韦六

巢父将许由，未闻买山隐。

道存迹自高，何惮去人近。

纷吾下兹岭，地闲喧亦泯。

门横群岫开，水凿众泉引。

屏高而在云，窦深莫能准。

川光昼昏凝，林气夕凄紧。

于焉摘朱果，兼得养玄牝。

坐月观宝书，拂霜弄瑶轸。

倾壶事幽酌，顾影还独尽。

念君风尘游，傲尔令自哂。

安知世上人，名利空蠢蠢。

寄当涂赵少府炎

晚登高楼望，木落双江清。

寒山饶积翠，秀色连州城。

目送楚云尽，心悲胡雁声。

相思不可见，回首故人情。

寄东鲁二稚子在金陵作

吴地桑叶绿，吴蚕已三眠。

我家寄东鲁，谁种龟阴田。

春事已不及，江行复茫然。

南风吹归心，飞堕酒楼前。

楼东一株桃，枝叶拂青烟。

此树我所种，别来向三年。

桃今与楼齐，我行尚未旋。

娇女字平阳，折花倚桃边。

折花不见我，泪下如流泉。

小儿名伯禽，与姊亦齐肩。

双行桃树下，抚背复谁怜。

念此失次第，肝肠日忧煎。

裂素写远意，因之汶阳川。

娇女字平阳，有弟与齐肩。

双行桃树下，折花倚桃边。

折花不见我，泪下如流泉。

独酌清溪江石上寄权昭夷

我携一樽酒，独上江祖石。

自从天地开，更长几千尺。

举杯向天笑，天回日西照。

永愿坐此石，长垂严陵钓。

寄谢山中人，可与尔同调。

寄王汉阳

南湖秋月白，王宰夜相邀。

锦帐郎官醉，罗衣舞女娇。

笛声喧沔鄂，歌曲上云霄。

别後空愁我，相思一水遥。

春日归山寄孟浩然

朱绂遗尘境，青山谒梵筵。

金绳开觉路，宝筏度迷川。

岭树攒飞拱，岩花覆谷泉。

塔形标海月，楼势出江烟。

香气三天下，钟声万壑连。

荷秋珠已满，松密盖初圆。

鸟聚疑闻法，龙参若护禅。

愧非流水韵，叩入伯牙弦。

流夜郎永华寺寄浔阳群官

朝别凌烟楼，暝投永华寺。

贤豪满行舟，宾散予独醉。

愿结九江流，添成万行泪。

写意寄庐岳，何当来此地。

天命有所悬，安得苦愁思。

流夜郎至西塞驿寄裴隐

扬帆借天风，水驿苦不缓。

平明及西塞，已先投沙伴。

回峦引群峰，横蹙楚山断。

砅冲万壑会，震沓百川满。

龙怪潜溟波，俟时救炎旱。

我行望雷雨，安得沾枯散。

鸟去天路长，人愁春光短。

空将泽畔吟，寄尔江南管。

望汉阳柳色寄王宰

汉阳江上柳，望客引东枝。

树树花如雪，纷纷乱若丝。

春风传我意，草木别前知。

寄谢弦歌宰，西来定未迟。

江夏寄汉阳辅录事

谁道此水广，狭如一匹练。

江夏黄鹤楼，青山汉阳县。

大语犹可闻，故人难可见。

君草陈琳檄，我书鲁连箭。

报国有壮心，龙颜不回眷。

西飞精卫鸟，东海何由填。

鼓角徒悲鸣，楼船习征战。

抽剑步霜月，夜行空庭遍。

长呼结浮云，埋没顾荣扇。

他日观军容，投壶接高宴。

早春寄王汉阳

闻道春还未相识，走傍寒梅访消息。

昨夜东风入武阳，陌头杨柳黄金色。

碧水浩浩云茫茫，美人不来空断肠。

预拂青山一片石，与君连日醉壶觞。

江上寄巴东故人

汉水波浪远，巫山云雨飞。

东风吹客梦，西落此中时。

觉後思白帝，佳人与我违。

瞿塘饶贾客，音信莫令稀。

江上寄元六林宗

霜落江始寒，枫叶绿未脱。

客行悲清秋，永路苦不达。

沧波渺川汜，白日隐天末。

停棹依林峦，惊猿相叫聒。

夜分河汉转，起视溟涨阔。

凉风何萧萧，流水鸣活活。

浦沙净如洗，海月明可掇。

兰交空怀思，琼树讵解渴。

勖哉沧洲心，岁晚庶不夺。

幽赏颇自得，兴远与谁豁。

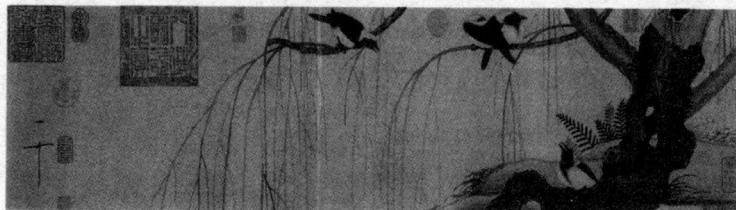

寄从弟宣州长史昭

尔佐宣州郡，守官清且闲。

常夸云月好，邀我敬亭山。

五落洞庭叶，三江游未还。

相思不可见，叹息损朱颜。

游敬亭寄崔侍御

我家敬亭下，辄继谢公作。

相去数百年，风期宛如昨。

登高素秋月，下望青山郭。

俯视鸳鸯群，饮啄自鸣跃。

夫子虽蹭蹬，瑶台雪中鹤。

独立窥浮云，其心在寥廓。

时来顾我笑，一饭葵与藿。

世路如秋风，相逢尽萧索。

腰间玉具剑，意许无遗诺。

愿为经冬柏，不逐天霜落。

壮士不可轻，相期在云阁。

别鲁颂

谁道泰山高，下却鲁连节。

谁云秦军众，摧却鲁连舌。

独立天地间，清风洒兰雪。

夫子还倜傥，攻文继前烈。

错落石上松，无为秋霜折。

赠言镂宝刀，千岁庶不灭。

别中都明府兄

吾兄诗酒继陶君，试宰中都天下闻。

东楼喜奉连枝会，南陌愁为落叶分。

城隅渌水明秋日，海上青山隔暮云。

取醉不辞留夜月，雁行中断惜离群。

留别曹南群官之江南

我昔钓白龙，放龙溪水旁。

道成本欲去，挥手凌苍苍。

时来不关人，谈笑游轩皇。

献纳少成事，归休辞建章。

十年罢西笑，览镜如秋霜。

闭剑琉璃匣，炼丹紫翠房。

身佩豁落图，腰垂虎盘鞶。

仙人驾彩凤，志在穷遐荒。

恋子四五人，徘徊未翱翔。

东流送白日，骤歌兰蕙芳。

仙宫两无从，人间久摧藏。

范蠡说句践，屈平去怀王。

飘飘紫霞心，流浪忆江乡。

愁为万里别，复此一衔觞。

淮水帝王州，金陵绕丹阳。

楼台照海色，衣马摇川光。

及此北望君，相思泪成行。

朝云落梦渚，瑶草空高唐。

帝子隔洞庭，青枫满潇湘。

怀君路绵邈，览古情凄凉。

登岳眺百川，杳然万恨长。

知恋峨嵋去，弄景偶骑羊。

留别王司马嵩

鲁连卖谈笑，岂是顾千金。

陶朱虽相越，本有五湖心。

余亦南阳子，时为梁甫吟。

苍山容偃蹇，白日惜颓侵。

愿一佐明主，功成还旧林。

西来何所为，孤剑托知音。

鸟爱碧山远，鱼游沧海深。

呼鹰过上蔡，卖畚向嵩岑。

他日闲相访，丘中有素琴。

夜别张五

吾多张公子，别酌酣高堂。

听歌舞银烛，把酒轻罗裳。

横笛弄秋月，琵琶弹陌桑。

龙泉解锦带，为尔倾千觞。

魏郡别苏明府因北游

魏都接燕赵，美女夸芙蓉。

淇水流碧玉，舟车日奔冲。

青楼夹两岸，万室喧歌钟。

天下称豪贵，游此每相逢。

天下称豪游，此中每相逢。

洛阳苏季子，剑戟森词锋。

六印虽未佩，轩车若飞龙。

黄金数百镒，白璧有几双。

散尽空掉臂，高歌赋还邛。

落魄乃如此，何人不相从。

远别隔两河，云山杳千重。

何时更杯酒，再得论心胸。

留别西河刘少府

秋发已种种，所为竟无成。

闲倾鲁壶酒，笑对刘公荣。

谓我是方朔，人间落岁星。

白衣千万乘，何事去天庭。

君亦不得意，高歌羡鸿冥。

世人若醯鸡，安可识梅生。

虽为刀笔吏，缅怀在赤城。

余亦如流萍，随波乐休明。

自有两少妾，双骑骏马行。

东山春酒绿，归隐谢浮名。

白居易诗集

读张籍古乐府

张君何为者？业文三十春。

尤工乐府诗，举代少其伦。

为诗意如何？六义互铺陈。

风雅比兴外，未尝著空文。

读君学仙诗，可讽放佚君。

读君董公诗，可诲贪暴臣。

读君商女诗，可感悍妇仁。

读君勤齐诗，可劝薄夫敦。

上可裨教化，舒之济万民。

下可理情性，卷之善一身。

始从青衿岁，迨此白发新。

日夜秉笔吟，心苦力亦勤。

时无采诗官，委弃如泥尘。

恐君百岁后，灭没人不闻。

愿藏中秘书，百代不湮沦。

愿播内乐府，时得闻至尊。

言者志之苗，行者文之根。

所以读君诗，亦知君为人。

如何欲五十，官小身贱贫。

病眼街西住，无人行到门。

哭孔戡

洛阳谁不死？戡死闻长安。

我是知戡者，闻之涕泫然。

戡佐山东军，非义不可干。

拂衣向西来，其道直如弦。

从事得如此，人人以为难。

人言明明代，合置在朝端。

或望居谏司，有事戡必言。

或望居宪府，有邪戡必弹。

惜哉两不谐，没齿为闲官。

竟不得一日，謇謇立君前。

形骸随众人，敛葬北邙山。

平生刚肠内，直气归其间。

贤者为生民，生死悬在天。

谓天不爱人，胡为生其贤？

谓天果爱民，胡为夺其年？

茫茫元化中，谁执如此权？

凶宅

长安多大宅，列在街西东。

往往朱门内，房廊相对空。

枭鸣松桂枝，狐藏兰菊丛。

苍苔黄叶地，日暮多旋风。

前主为将相，得罪窜巴庸。

后主为公卿，寝疾殁其中。

连延四五主，殃祸继相钟。

自从十年来，不利主人翁。

风雨坏檐隙，蛇鼠穿墙墉。

人疑不敢买，日毁土木功。

嗟嗟俗人心，甚矣其愚蒙。

旦恐灾将至，不思祸所从。

我今题此诗，欲悟迷者胸。

凡为大官人，年禄多高崇。

权重持难久，位高势易穷。

骄者物之盈，老者数之终。

四者如寇盗，日夜来相攻。

假使居吉土，孰能保其躬？

因小以明大，借家可喻邦。

周秦宅崤函，其宅非不同。

一兴八百年；一死望夷宫。

寄语家与国，人凶非宅凶。

羸骏

骓骝失其主，羸饿无人牧。

向风嘶一声，莽苍黄河曲。

踏冰水畔立，卧雪冢间宿。

岁暮田野空，寒草不满腹。

岂无市骏者，尽是凡人目。

相马失于瘦，遂遗千里足。

村中何扰扰，有吏征刍粟。

输彼军厩中，化作驽骀肉。

废琴

丝桐合为琴，中有太古声。

古声淡无味，不称今人情。

玉徽光彩灭，朱弦尘土生。

废弃来已久，遗音尚泠泠。

不辞为君弹，纵弹人不听。

何物使之然？羌笛与秦筝。

李都尉古剑

古剑寒黯黯，铸来几千秋。

白光纳日月，紫气排斗牛。

有客借一观，爱之不敢求。

湛然玉匣中，秋水澄不流。

至宝有本性，精刚无与俦。

可使寸寸折，不能绕指柔。

愿快直士心，将断佞臣头。

不愿报小怨，夜半刺私仇。

劝君慎所用，无作神兵羞。

云居寺孤桐

一株青玉立，千叶绿云委。

亭亭五丈余，高意犹未已。

山僧年九十，清静老不死。

自云手种时，一棵青桐子。

直从萌芽拔，高自毫末始。

四面无附枝，中心有通理。

寄言立身者，孤直当如此。

初授拾遗

奉诏登左掖，束带参朝议。

何言初命卑，且脱风尘吏。

杜甫陈子昂，才名括天地。

当时非不遇，尚无过斯位。

况余塞薄者，宠至不自意。

惊近白日光，惭非青云器。

天子方从谏，朝廷无忌讳。

岂不思匪躬，适遇时无事。

受命已旬月，饱食随班次。

谏纸忽盈箱，对之终自愧。

赠元稹

自我从宦游，七年在长安。

所得惟元君，乃知定交难。

岂无山上苗，径寸无岁寒。

岂无要津水，咫尺有波澜。

之子异于是，久要誓不谖。

无波古井水，有节秋竹竿。

一为同心友，三及芳岁阑。

花下鞍马游，雪中杯酒欢。

衡门相逢迎，不具带与冠。

春风日高睡，秋月夜深看。

不为同登科，不为同署官。

所合在方寸，心源无异端。

答友问

大圭廉不割，利剑用不缺。

当其斩马时，良玉不如铁。

置铁在洪炉，铁消易如雪。

良玉同其中，三日烧不热。

君疑才与德，咏此知优劣。

宿紫阁山北村

晨游紫阁峰，暮宿山下村。

村老见余喜，为余开一尊。

举杯未及饮，暴卒来入门。

紫衣挟刀斧，草草十余人。

夺我席上酒，掣我盘中餐。

主人退后立，敛手反如宾。

中庭有奇树，种来三十春。

主人惜不得，持斧断其根。

口称采造家，身属神策军。

主人慎勿语，中尉正承恩。

王翰诗集

　　王翰，字子羽，晋阳人。登进士第，举直言极谏，调昌乐尉。复举超拔群类，召为秘书正字。擢通事舍人、驾部员外。出为汝州长史，改仙州别驾。日与才士豪侠饮乐游畋，坐贬道州司马，卒。其诗题材大多吟咏沙场少年、玲珑女子以及欢歌饮宴等，表达对人生短暂的感叹和及时行乐的旷达情怀。词语似云铺绮丽，霞叠瑰秀；诗音如仙笙瑶瑟，妙不可言。代表作有《凉州词二首》、《饮马长城窟行》、《春女行》、《古蛾眉怨》等，其中以《凉州词二首》（一）最负盛名。诗句"醉卧沙场君莫笑，古来征战几人回"中透露出来的那种豪迈和悲凉真是有回肠荡气，洗心涤魄的感染力，令人三日犹闻其音。《古蛾眉怨》诗中所表现出来的那种瑰丽奇崛的想象和珠玑满盆的秀词不禁令人联想到李白和屈原的作品，真不愧余音绕梁之仙作也。集十卷，今存诗一卷

（全唐诗上卷第一百五十六）。

凉州词二首

葡萄美酒夜光杯，欲饮琵琶马上催。

醉卧沙场君莫笑，古来征战几人回？

秦中花鸟已应阑，塞外风沙犹自寒。

夜听胡笳折杨柳，教人意气忆长安。

饮马长城窟行

长安少年无远图，一生惟羡执金吾。

麒麟前殿拜天子，走马西击长城胡。

胡沙猎猎吹人面，汉虏相逢不相见。

遥闻鼙鼓动地来，传道单于夜犹战。

此时顾恩宁顾身，为君一行摧万人。

壮士挥戈回白日，单于溅血染朱轮。

归来饮马长城窟，长城道傍多白骨。

问之耆老何代人，云是秦王筑城卒。

黄昏塞北无人烟，鬼哭啾啾声沸天。

无罪见诛功不赏，孤魂流落此城边。

当昔秦王按剑起，诸侯膝行不敢视。

富国强兵二十年，筑怨兴徭九千里。

秦王筑城何太愚，天实亡秦非北胡。

一朝祸起萧墙内，渭水咸阳不复都。

春女行

紫台穹跨连绿波，红轩铪匝垂纤罗。

中有一人金作面，隔幌玲珑遥可见。

忽闻黄鸟鸣且悲，镜边含笑著春衣。

罗袖婵娟似无力，行拾落花比容色。

落花一度无再春，人生作乐须及辰。

君不见楚王台上红颜子，今日皆成狐兔尘。

古蛾眉怨

君不见宜春苑中九华殿，飞阁连连直如发。

白日全含朱鸟窗，流云半入苍龙阙。

宫中彩女夜无事，学凤吹箫弄清越。

珠帘北卷待凉风，绣户南开向明月。

忽闻天子忆蛾眉，宝凤衔花揲两螭。

传声走马开金屋，夹路鸣环上玉墀。

长乐彤庭宴华寝，三千美人曳花锦。

灯前含笑更罗衣，帐里承恩荐瑶枕。

不意君心半路回，求仙别作望仙台。

琳琅禁闼遥相忆，紫翠岩房昼不开。

欲向人间种桃实，先从海底觅蓬莱。

蓬莱可求不可上，孤舟缥缈知何往。

黄金作盘铜作茎，青天白露掌中擎。

王母嫣然感君意，云车羽旆欲相迎。

飞廉观前空怨慕，少君何事须相误。

一朝埋没茂陵田，贱妾蛾眉不重顾。

宫车晚出向南山，仙卫逶迤去不还。

朝晡泣对麒麟树，树下苍苔日渐斑。

人生百年夜将半，对酒长歌莫长叹。

情知白日不可私，一死一生何足算。

赠唐祖二子

鸿飞遵枉渚，鹿鸣思故群。

物情尚劳爱，况乃予别君。

别时花始发，别后兰再薰。

瑶觞滋白露，宝瑟凝凉氛。

裴徊北林月，怅望南山云。

云月渺千里，音徽不可闻。

飞燕篇

孝成皇帝本娇奢，行幸平阳公主家。

可怜女儿三五许，丰茸惜是一园花。

歌舞向来人不贯，一旦逢君感君意。

君心见赏不见忘，姊妹双飞入紫房。

紫房彩女不得见，专荣固宠昭阳殿。

红妆宝镜珊瑚台，青琐银簧云母扇。

日夕风传歌舞声，只扰长信忧人情。

长信忧人气欲绝，君王歌吹终不歇。

朝弄琼箫下彩云，夜踏金梯上明月。

明月薄蚀阳精昏，娇妒倾城惑至尊。

已见白虹横紫极，复闻飞燕啄皇孙。

皇孙不死燕啄折，女弟一朝如火绝。

明明天子咸戒之，赫赫宗周褒姒灭。

古来贤圣叹狐裘，一国荒淫万国羞。

安得上方断马剑，斩取朱门公子头。

赋得明星玉女坛，送廉察尉华阴

洪河之南曰秦镇，发地削成五千仞。

三峰离地皆倚天，唯独中峰特修峻。

上有明星玉女祠，祠坛高眇路逶迤。

三十六梯入河汉，樵人往往见蛾眉。

蛾眉婵娟又宜笑，一见樵人下灵庙。

仙车欲驾五云飞，香扇斜开九华照。

含情迟伫惜韶年，愿侍君边复中旋。

江妃玉佩留为念，嬴女银箫空自怜。

仙俗途殊两情遽，感君无尽辞君去。

遥见明星是妾家，风飘雪散不知处。

故人家在西长安，卖药往来投此山。

彩云荡漾不可见，绿萝蒙茸鸟绵蛮。

欲求玉女长生法，日夜烧香应自还。

子夜春歌

春气满林香，春游不可忘。

落花吹欲尽，垂柳折还长。

桑女淮南曲，金鞍塞北装。

行行小垂手，日暮渭川阳。

春日归思

杨柳青青杏发花，年光误客转思家。

不知湖上菱歌女，几个春舟在若耶。

观蛮童为伎之作

长裙锦带还留客，广额青娥亦效颦。

共惜不成金谷妓，虚令看杀玉车人。

崔道融诗集

　　崔道融的诗作和罗隐一样，流传的不多。其风格或清新，或凝重，比较多样。所选的四首诗里前两首十分活泼生动，后两首则凄苦悲郁。其中《牧竖》一诗流传较广。

牧竖

　　牧竖持蓑笠，逢人气傲然。

　　卧牛吹短笛，耕却傍溪田。

溪居即事

　　篱外谁家不系船，春风吹入钓鱼湾。

小童疑是有村客，急向柴门去却关。

田上

雨足高田白，披蓑半夜耕。

人牛力俱尽，东方殊未明。

鸡

买得晨鸡共鸡语，常时不用等闲鸣。

深山月黑风高夜，欲近晓天啼一声。

刘希夷诗集

刘希夷，一名庭芝，汝州人。少有文华，落魄不拘常格，后为人所害。希夷善为从军闺情诗，词藻婉丽，然意旨悲苦，未为人重。后孙昱撰《正声集》，以希夷诗为集中之最，由是大为时所称赏。代表作有《从军行》、《采桑》、《春日行歌》、《春女行》、《捣衣篇》、《代悲白头翁》、《洛川怀古》等。其中《代悲白头翁》一诗写花开花落，时光掷人；昔日红颜美少年，今成半死白头翁，由此发出"年年岁岁花相似，岁岁年年人不同"以及"宛转娥眉能几时，须臾鹤发乱如丝"之感慨。其用词与意境与《红楼梦》中甄士隐对跛足道人的《好了歌》的解注之词以及黛玉的《葬花词》"明媚鲜妍能几时，一朝飘泊难寻觅"、"试看春残花渐落，便是红颜老死时"的用词与意境何其相似，然其辞气不弱于后者，年代上则早之几百年，由此足见希夷洞察世事之深，文学造诣之高。所谓曲高和寡，尺泽之鲵难量江海之大，希夷之初不为人重亦难怪也。集十卷，今编诗一卷（全唐诗上卷第八十二）。

代悲白头翁

洛阳城东桃李花，飞来飞去落谁家。

洛阳女儿惜颜色，坐见落花长叹息。

今年花落颜色改，明年花开复谁在。

已见松柏摧为薪，更闻桑田变成海。

古人无复洛城东，今人还对落花风。

年年岁岁花相似，岁岁年年人不同。

寄言全盛红颜子，应怜半死白头翁。

此翁白头真可怜，伊昔红颜美少年。

公子王孙芳树下，清歌妙舞落花前。

光禄池台开锦绣，将军楼阁画神仙。

一朝卧病无相识，三春行乐在谁边。

宛转蛾眉能几时，须臾鹤发乱如丝。

但看古来歌舞地，惟有黄昏鸟雀悲。

从军行

秋天风飒飒，群胡马行疾。

严城昼不开，伏兵暗相失。

天子庙堂拜，将军凶门出。

纷纷伊洛道，戎马几万匹。

军门压黄河，兵气冲白日。

平生怀仗剑，慷慨即投笔。

南登汉月孤，北走代云密。

近取韩彭计，早知孙吴术。

丈夫清万里，谁能扫一室。

采桑

杨柳送行人，青青西入秦。

谁家采桑女，楼上不胜春。

盈盈灞水曲，步步春芳绿。

红脸耀明珠，绛唇含白玉。

回首渭桥东，遥怜春色同。

青丝娇落日，缃绮弄春风。

携笼长叹息，逶迟恋春色。

看花若有情，倚树疑无力。

薄暮思悠悠，使君南陌头。

相逢不相识，归去梦青楼。

春日行歌

山树落梅花，飞落野人家。

野人何所有，满瓮阳春酒。

携酒上春台，行歌伴落梅。

醉罢卧明月，乘梦游天台。

春女行

春女颜如玉，怨歌阳春曲。

巫山春树红，沅湘春草绿。

自怜妖艳姿，妆成独见时。

愁心伴杨柳，春尽乱如丝。

目极千馀里，悠悠春江水。

频想玉关人，愁卧金闺里。

尚言春花落，不知秋风起。

娇爱犹未终，悲凉从此始。

忆昔楚王宫，玉楼妆粉红。

纤腰弄明月，长袖舞春风。

容华委西山，光阴不可还。

桑林变东海，富贵今何在。

寄言桃李容，胡为闺阁重。

但看楚王墓，唯有数株松。

晚憩南阳旅馆

旅馆何年废，征夫此日过。

途穷人自哭，春至鸟还歌。

行路新知少，荒田古径多。

池篁覆丹谷，坟树绕清波。

日照蓬阴转，风微野气和。

伤心不可去，回首怨如何。

将军行

将军辟辕门，耿介当风立。

诸将欲言事，逡巡不敢入。

剑气射云天，鼓声振原隰。

黄尘塞路起，走马追兵急。

弯弓从此去，飞箭如雨集。

截围一百里，斩首五千级。

代马流血死，胡人抱鞍泣。

古来养甲兵，有事常讨袭。

乘我庙堂运，坐使干戈戢。

献凯归京师，军容何翕习。

孤松篇

蚕月桑叶青，莺时柳花白。

澹艳烟雨姿，敷芬阳春陌。

如何秋风起，零落从此始。

独有南涧松，不叹东流水。

玄阴天地冥，皓雪朝夜零。

岂不罹寒暑，为君留青青。

青青好颜色，落落任孤直。

群树遥相望，众草不敢逼。

灵龟卜真隐，仙鸟宜栖息。

耻受秦帝封，愿言唐侯食。

寒山夜月明，山冷气清清。

凄兮归凤集，吹之作琴声。

松子卧仙岑，寂听疑野心。

清泠有真曲，樵采无知音。

美人何时来，幽径委绿苔。

吁嗟深涧底，弃捐广厦材。

嵩岳闻笙

月出嵩山东，月明山益空。

山人爱清景，散发卧秋风。

风止夜何清，独夜草虫鸣。

仙人不可见，乘月近吹笙。

绛唇吸灵气，玉指调真声。

真声是何曲，三山鸾鹤情。

昔去落尘俗，愿言闻此曲。

今来卧嵩岑，何幸承幽音。

神仙乐吾事，笙歌铭夙心。

秋日题汝阳潭壁

独坐秋阴生，悲来从所适。

行见汝阳潭，飞萝蒙水石。

悬瓢木叶上，风吹何历历。

幽人不耐烦，振衣步闲寂。

回流清见底，金沙覆银砾。

错落非一文，空胧几千尺。

鱼鳞可怜紫，鸭毛自然碧。

吟咏秋水篇，渺然忘损益。

秋水随形影，清浊混心迹。

岁暮归去来，东山余宿昔。

谒汉世祖庙

春陵气初发，渐台首未传。

列营百万众，持国十八年。

运开朱旗后，道合赤符先。

宛城剑鸣匣，昆阳镝应弦。

犷兽血涂地，巨人声沸天。

长驱过北赵，短兵出南燕。

太守迎门外，王郎死道边。

升坛九城陌，端拱千秋年。

朝廷方雀跃，剑珮几联翩。

至德刑四海，神仪翳九泉。

宗子行旧邑，恭闻清庙篇。

君容穆而圣，臣像俨犹贤。

攒木承危柱，疏萝挂朽椽。

祠庭巢鸟啄，祭器网虫缘。

怀古江山在，惟新历数迁。

空馀今夜月，长似旧时悬。

归山

归去嵩山道，烟花覆青草。

草绿山无尘，山青杨柳春。

日暮松声合，空歌思杀人。

代闺人春日

珠帘的晓光，玉颜艳春彩。

林间鸟鸣唤，户外花相待。

花鸟惜芳菲，鸟鸣花乱飞。

人今伴花鸟，日暮不能归。

池月怜歌扇，山云爱舞衣。

佳期杨柳陌，携手莫相违。

蜀城怀古

蜀土绕水竹，吴天积风霜。

穷览通表里，气色何苍苍。

旧国有年代，青楼思艳妆。

古人无岁月，白骨冥丘荒。

寂历弹琴地，幽流读书堂。

玄龟埋卜室，彩凤灭词场。

阵图一一在，柏树双双行。

鬼神清汉庙，鸟雀参秦仓。

叹世已多感，怀心益自伤。

赖蒙灵丘境，时当明月光。

捣衣篇

秋天瑟瑟夜漫漫，夜白风清玉露溥。

燕山游子衣裳薄，秦地佳人闺阁寒。

欲向楼中萦楚练，还来机上裂齐纨。

揽红袖兮愁徙倚，盼青砧兮怅盘桓。

盘桓徙倚夜已久，萤火双飞入帘牖。

西北风来吹细腰，东南月上浮纤手。

此时秋月可怜明，此时秋风别有情。

君看月下参差影，为听莎间断续声。

绛河转兮青云晓，飞鸟鸣兮行人少。

攒眉缉缕思纷纷，对影穿针魂悄悄。

闻道还家未有期，谁怜登陇不胜悲。

梦见形容亦旧日，为许裁缝改昔时。

缄书远寄交河曲，须及明年春草绿。

莫言衣上有斑斑，只为思君泪相续。

公子行

天津桥下阳春水，天津桥上繁华子。

马声回合青云外，人影动摇绿波里。

绿波荡漾玉为砂，青云离披锦作霞。

可怜杨柳伤心树，可怜桃李断肠花。

此日遨游邀美女，此时歌舞入娼家。

娼家美女郁金香，飞来飞去公子傍。

的的珠帘白日映，娥娥玉颜红粉妆。

花际裴回双蛱蝶，池边顾步两鸳鸯。

倾国倾城汉武帝，为云为雨楚襄王。

古来容光人所羡，况复今日遥相见。

愿作轻罗著细腰，愿为明镜分娇面。

与君相向转相亲，与君双栖共一身。

愿作贞松千岁古，谁论芳槿一朝新。

百年同谢西山日，千秋万古北邙尘。

洛中晴月送殷四入关

清洛浮桥南渡头，天晶万里散华洲。

晴看石濑光无数，晓入寒潭浸不流。

微云一点曙烟起，南陌憧憧遍行子。

欲将此意与君论，复道秦关尚千里。

入塞

将军陷虏围，边务息戎机。

霜雪交河尽，旌旗入塞飞。

晓光随马度，春色伴人归。

课绩朝明主，临轩拜武威。

览镜

青楼挂明镜，临照不胜悲。

白发今如此，人生能几时。

秋风下山路，明月上春期。

叹息君恩尽，容颜不可思。

晚春

佳人眠洞房，回首见垂杨。

寒尽鸳鸯被，春生玳瑁床。

庭阴幕青霭，帘影散红芳。

寄语同心伴，迎春且薄妆。

送友人之新丰

日暮秋风起，关山断别情。

泪随黄叶下，愁向绿樽生。

野路归骖转，河洲宿鸟惊。

宾游宽旅宴，王事促严程。

饯李秀才赴举

鸿鹄振羽翮，翻飞入帝乡。

朝鸣集银树，暝宿下金塘。

日月天门近，风烟夜路长。

自怜穷浦雁，岁岁不随阳。

故园置酒

酒熟人须饮，春还鬓已秋。

愿逢千日醉，得缓百年忧。

旧里多青草，新知尽白头。

风前灯易灭，川上月难留。

卒卒周姬旦，栖栖鲁孔丘。

平生能几日，不及且遨游。

王维诗集

辋川闲居赠裴秀才迪

寒山转苍翠，秋水日潺潺。

倚杖柴门外，临风听暮蝉。

渡头余落日，墟里上孤烟。

夏值接舆醉，狂歌五柳前。

酬张少府

晚年惟好静，万事不关心。

自顾无长策，空知返旧林。

松风吹解带，山月照弹琴。

群问穷通理，渔歌入浦深。

渭城曲

渭城朝雨邑轻尘，客舍青青柳色新。

劝君更尽一杯酒，西出阳关无故人。

鹿柴

空山不见人，但闻人语响。

返景入深林，复照青苔上。

竹里馆

独坐幽篁里，弹琴复长啸。

深林人不知，明月来相照。

送别

山中相送罢，日暮掩柴扉。

春草明年绿，王孙归不归？

相思

红豆生南国，春来发几枝？

愿君多采撷，此物最相思。

山居秋暝

空山新雨后，天气晚来秋。

明月松间照，清泉石上流。

竹喧归浣女，莲动下渔舟。

随意春芳歇，王孙自可留。

归嵩山作

清川带长薄，车马去闲闲。

流水如有意，暮禽相与还。

荒城临古渡，落日满秋山。

迢递嵩高下，归来且闭关。

终南山

太乙近天都，连山接海隅。

白云回望合，青霭入看无。

分野中峰变，阴晴众壑殊。

欲投人处宿，隔水问樵夫。

过香积寺

不知香积寺，数里入云峰。

古木无人径，深山何处钟？

泉声咽危石，日色冷青松。

薄暮空潭曲，安禅制毒龙。

送梓州李使君

万壑树参天，千山响杜鹃。

山中一夜雨，树杪百重泉。

汉女输橦布，巴人讼芋田。

文翁翻教授，不敢倚先贤。

汉江临眺

楚塞三湘接，荆门九派通。

江流天地外，山色有无中。

郡邑浮前浦，波澜动远空。

襄阳好风日，留醉与山翁。

终南别业

中岁颇好道，晚家南山陲。

兴来美独往，胜事空自知。

行到水穷处，坐看云起时。

偶然值林叟，谈笑无还期。

送别

下马饮君酒，问君何所之。

君言不得意，归卧南山陲。

但去莫复闻，白云无尽时。

秋夜曲

桂魄初生秋露微，轻罗已薄未更衣。

银筝夜久殷勤弄，心怯空房不忍归！

九月九日忆山东兄弟

独在异乡为异客，每逢佳节倍思亲。

遥知兄弟登高处，遍插茱萸少一人。

青溪

言入黄花川，每逐青溪水。

随山将万转，趣途无百里。

声喧乱石中，色静深松里。

漾漾泛菱荇，澄澄映葭苇。

我心素已闲，清川澹如此。

请留盘石上，垂钓将已矣。

渭川田家

斜光照墟落，穷巷牛羊归。

野老念牧童，倚杖候荆扉。

雉雊麦苗秀，蚕眠桑叶稀。

田夫荷锄立，相见语依依。

即此羡闲逸，怅然吟式微。

西施咏

艳色天下重，西施宁久微。

朝为越溪女，暮作吴宫妃。

贱日岂殊众，贵来方悟稀。

邀人傅脂粉，不自著罗衣。

君宠益娇态，君怜无是非。

当时浣纱伴，莫得同车归。

持谢邻家子，效颦安可希！

送綦毋潜落第还乡

圣代无隐者，英灵尽来归。

遂令东山客，不得顾采薇。

既至金门远，孰云吾道非？

江淮度寒食，京洛缝春衣。

置酒长安道，同心与我违。

行当浮桂棹，未几拂荆扉。

远树带行客，孤城当落晖。

吾谋适不用，勿谓知音稀。

杂诗

君自故乡来，应知故乡事。

来日绮窗前，寒梅著花未？

送朱大入秦

避人五陵去，宝剑值千金。

分手脱相赠，平生一片心。

和贾舍人早朝大明宫之作

绛帻鸡人送晓筹，尚衣方进翠云裘。

九天阊阖开宫殿，万国衣冠拜冕旒。

日色才临仙掌动，香烟欲傍衮龙浮。

朝罢须裁五色诏，佩声归向凤池头。

酬郭给事

洞门高阁霭馀辉，桃李阴阴柳絮飞。

禁里疏钟官舍晚，省中啼鸟吏人稀。

晨摇玉佩趋金殿，夕奉天书拜琐闱。

强欲从君无那老，将因卧病解朝衣。

积雨辋川庄作

积雨空林烟火迟，蒸藜炊黍饷东菑。

漠漠水田飞白鹭，阴阴夏木啭黄鹂。

山中习静观朝槿，松下清斋折露葵。

野老与人争席罢，海鸥何事更相疑。

和贾舍人早朝

绛帻鸡人报晓筹，尚衣方进翠云裘。

九天阊阖开宫殿，万国衣冠拜冕旒。

日色才临仙掌动，香烟欲傍衮龙浮。

朝罢须裁五色诏，佩声归到凤池头。

送张五归山

送君尽惆怅，复送何人归。
几日同携手，一朝先拂衣。
东山有茅屋，幸为扫荆扉。
当亦谢官去，岂令心事违。

新晴野望

新晴原野旷。极目无氛垢。
郭门临渡头。村树连溪口。
白水明田外。碧峰出山後。
农月无闲人。倾家事南亩。

黄花川

危径几万转，数里将三休。
回环见徒侣，隐映隔林丘。

飒飒松上雨，潺潺石中流。

静言深溪里，长啸高山头。

望见南山阳，白露霭悠悠。

青皋丽已净，绿树郁如浮。

曾是厌蒙密，旷然销人忧。

崔濮阳兄季重前山兴

秋色有佳兴，况君池上闲。

悠悠西林下，自识门前山。

千里横黛色，数峰出云间。

嵯峨对秦国，合沓藏荆关。

残雨斜日照，夕岚飞鸟还。

故人今尚尔，叹息此颓颜。

老将行

少年十五二十时，步行夺得胡马骑。

射杀山中白额虎，肯数邺下黄须儿！

一身转战三千里，一剑曾当百万师。

汉兵奋迅如霹雳，虏骑崩腾畏蒺藜。

卫青不败由天幸，李广无功缘数奇。

自从弃置便衰朽，世事蹉跎成白首。

昔时飞箭无全目，今日垂杨生左肘。

路旁时卖故侯瓜，门前学种先生柳。

苍茫古木连穷巷，寥落寒山对虚牖。

誓令疏勒出飞泉，不似颍川空使酒。

贺兰山下阵如云，羽檄交驰日夕闻。

节使三河募年少，诏书五道出将军。

试拂铁衣如雪色，聊持宝剑动星文。

愿得燕弓射大将，耻令越甲鸣吾君。

莫嫌旧日云中守，犹堪一战取功勋！

桃源行

渔舟逐水爱山春，两岸桃花夹古津。

坐看红树不知远，行尽青溪不见人。

山口潜行始隈隩，山开旷望旋平陆。

遥看一处攒云树，近入千家散花竹。

樵客初传汉姓名，居人未改秦衣服。

居人共住武陵源，还从物外起田园。

月明松下房栊静，日出云中鸡犬喧。

惊闻俗客争来集，竞引还家问都邑。

平明闾巷扫花开，薄暮渔樵乘水入。

初因避地去人间，及至成仙遂不还。

峡里谁知有人事？世中遥望空云山。

不疑灵境难闻见，尘心未尽思乡县。

出洞无论隔山水，辞家终拟长游衍。

自谓经过旧不迷，安知峰壑今来变？

当时只记入山深，青溪几曲到云林。

春来遍是桃花水，不辨仙源何处寻。

洛阳女儿行

洛阳女儿对门居，才可容颜十五馀。

良人玉勒乘骢马，侍女金盘脍鲤鱼。

画阁朱楼尽相望，红桃绿柳垂檐向。

罗帷送上七香车，宝扇迎归九华帐。

狂夫富贵在青春，意气骄奢剧季伦。

自怜碧玉亲教舞，不惜珊瑚持与人。

春窗曙灭九微火，九微片片飞花琐。

戏罢曾无理曲时，妆成只是薰香坐。

城中相识尽繁华，日夜经过赵李家。

谁怜越女颜如玉，贫贱江头自浣纱！

早春行

紫梅发初遍，黄鸟歌犹涩。

谁家折杨女，弄春如不及。

爱水看妆坐，羞人映花立。

香畏风吹散，衣愁露沾湿。

玉闺青门里，日落香车入。

游衍益相思，含啼向彩帷。

忆君长入梦，归晚更生疑。

不及红檐燕，双栖绿草时。

从岐王在宴卫家山地应教

座客香貂满，宫娃绍使张。

涧花轻粉色，山月少灯光。

积翠纱富睛，飞泉绣产原。

还将歌舞出，归路莫愁长。

同崔员外秋育寓直

建礼高秋夜，承明候晓过。

九门寒温彻，万井晤钟多。

月回藏珠斗，云消出绝河。

更渐衰朽质，南陌共鸣何。

寄荆州张丞相

所思竟何在，怅望深荆门。

举世无相识，终身思旧思。

方将与农圃，艺植老丘园。

目尽南飞雁，何由寄一言。

酬虞部苏员外过蓝田别业不见留之作

贫居依谷口，乔木带荒村。

石路枉回驾，山家难候门。

渔舟胶标浦，猪火烧寒原。

唯有白云外，疏钟闻夜猿。

送张判官赴河西

单车曾出塞，报国敢邀勋。

见逐张征虏，今思霍冠军。

沙平连白云，蓬卷入黄云。

慷慨倚长剑，高歌一进君。

送丘为落第归江东

传君不得意，况复柳条春。

为客黄金尽，还家白发新。

五湖三亩宅、万里一归人。

知尔不能荐，羞称献纳座。

送友人前归

万里春应反，三江雁亦稀。

连天汉水广，孤客郢城归。

郧国稻苗秀，楚人范米肥。

悬知倚门望，遥识老莱衣。

常建诗集

常建，开元中进士第。大雨中，为盱眙尉。诗似初发通庄，却寻野径，百里之外，方归大道。其旨远，其兴僻。佳句辄来，唯论意表。沦于一尉，士论悲之。诗一卷。

题破山寺后院

清晨入古寺，初日照高林。

曲径通幽处，禅房花木深。

山光悦马性，潭影空人心。

万籁此俱寂，但闻钟磬音。

宿王昌龄隐居

清溪深不测，隐处唯孤云。

松际露微月，清光犹为君。

茅亭宿花影，药院滋苔纹。

余亦谢时去，西山鸾鹤群。

江上零兴

江上调玉琴，一弦清一心。

冷冷七弦遍，万木澄幽阴。

能使江月白，又令江水深。

始知梧桐枝，可以徽黄金。

送李十一尉临汉

冷冷花下琴，君唱渡江吟。

天际一帆影，预悬离别心。

以言神仙尉，因致瑶华音。

回轸抚商调，越溪澄碧林。

燕居

青苔常满路，流水复入林。

远与市朝隔，日闻鸡犬深。

寥寥丘中想，渺渺湖上心。

啸傲转无欲，不知成陆沉。

塞上曲

翩翩云中使，来问太原卒。

百战苦不归，刀头怨明月。

塞云随阵落，寒日傍城没。

城下有寡妻，哀哀哭枯骨。

昭君墓

汉宫岂不死，异城伤独没。

万里驮黄金，峨眉为枯骨。

回车夜出塞，立马皆不发。

共恨丹青人，坟上哭明月。

吊王将军墓

嫖姚北伐时，深入几千里。

战徐落日黄，军败鼓声死。

尝闻汉飞将，可奈单于垒。

今与山鬼邻，残兵哭辽水。

送陆擢

圣代多才俊，陆生何考第。

南山高松树，不合空摧残。

九月湖上别，北风秋雨寒。

殷勤叹邓凤，早食金琅玕。

送李大都护

单于虽不战，都护事边深。

君执幕中秘，能为高士心。

海头近初月，橱里多愁阴。

西望郭犹子，将分泪满襟。

漳州留别

贤达不相识，偶然交已深。

宿帆谒郡佐，帐别依禅林。

湘水流入海，楚云千里心。

望君杉松夜，山月清猿吟。

听琴秋夜赠寇尊师

琴当秋夜听，况是洞中人。

一指指应法，一声声爽神。

寒虫临砌默，清吹袅灯频。

何必钟期耳，高闲自可亲。

708

泊舟呼胎

泊舟淮水次，霜降夕流清。
夜久潮侵岸，天寒月近城。
平沙依雁宿，候馆听鸡鸣。
乡国云霄外，谁堪羁旅情。

徐氏诗集

　　徐氏系前蜀太后也。成都徐耕，生二女，皆有国色，能为诗，蜀王建纳之。姊为贤妃，娣为淑妃。王衍即位，册贤妃为顺圣太后，淑妃为翊圣太妃。咸康元年，衍奉太后太妃同祷青城山，凡游历之处，各赋诗刻于石。其诗不仅能点出所游历胜景的妙处，还跳出所咏实物的囿限，浮思联翩，虚实相生，令人不禁悠然神往，诚才女之作也。十六首诗中《题金华宫》、《玄都观》（一）、《三学山夜看圣灯》（一）等皆是佳作，尤以《三学山夜看圣灯》（一）为最善。"磬敲金地响，僧唱梵天声。若说无心法，此光如有情"将观圣灯之景有声有色地呈现于人前，写得十分高妙离俗。有诗一卷（全唐诗上卷第九）。

题金华宫

碧烟红雾漾人衣，宿雾苍苔石径危。

风巧解吹松上曲，蝶娇频采脸边脂。

同寻僻境思携手，暗指遥山学画眉。

好把身心清净处，角冠霞帔事希夷。

玄都观

千寻绿嶂夹流溪，登眺因知海岳低。

瀑布迸春青石碎，轮囷横翦翠峰齐。

步黏苔藓龙桥滑，日闭烟罗鸟径迷。

莫道穹天无路到，此山便是碧云梯。

玄都观

登寻丹壑到玄都，接日红霞照座隅。

即向周回岩下看，似看曾进画图无。

三学山夜看圣灯

圣灯千万炬，旋向碧空生。

细雨湿不暗，好风吹更明。

磬敲金地响，僧唱梵天声。

若说无心法，此光如有情。

三学山夜看圣灯

虔祷游灵境，元妃夙志同。

玉香焚静夜，银烛炫辽空。

泉漱云根月，钟敲桧杪风。

印金标圣迹，飞石显神功。

满望天涯极，平临日脚红。

猿来斋石上，僧集讲筵中。

顿作超三界，浑疑证六通。

愿成修偃化，社稷保延洪。

丈人观

早与元妃慕至化，同跻灵岳访真仙。

当时信有壶中景，今日亲来洞里天。

仪仗影空寥廓外，金丝声揭翠微巅。

惟惭未致华胥理，徒卜升平万万年。

丈人观

获陪翠辇喜殊常，同涉仙坛岂厌长。

不羡乘鸾入烟雾，此中便是五云乡。

丈人观谒先帝御容

圣帝归梧野，躬来谒圣颜。

旋登三径路，似陟九嶷山。

日照堆岚迥，云横积翠间。

期修封禅礼，方俟再跻攀。

游丈人观谒先帝御容

共谒御容仪，还同在禁闱。

笙歌喧宝殿，彩仗耀金徽。

清泪沾罗袂，红霞拂绣衣。

九疑山水远，无路继湘妃。

题金华宫

再到金华顶，玄都访道回。

云披分景象，黛锁显楼台。

雨涤前山净，风吹去路开。

翠屏夹流水，何必羡蓬莱。

丹景山至德寺

周回云水游丹景，因与真妃眺上方。

晴日晓升金晃曜，寒泉夜落玉丁当。

松梢月转琴栖影，柏径风牵麝食香。

虔煤六铢宜铸祝，惟祈圣祉保遐昌。

和题丹景山至德寺

丹景山头宿梵宫，玉轮金辂驻虚空。

军持无水注寒碧，兰若有花开晚红。

武士尽排青嶂下，内人皆在讲筵中。

我家帝子传王业，积善终期四海同。

题彭州阳平化

寻真游胜境，巡礼到阳平。

水远波澜碧，山高气象清。

殿严孙氏貌，碑暗系师名。

夜月登坛醮，松风森磬声。

题彭州阳平化

云浮翠辇届阳平，真似骖鸾到上清。

风起半厓闻虎啸，雨来当面见龙行。

晚寻水涧听松韵，夜上星坛看月明。

长恐前身居此境，玉皇教向锦城生。

题天回驿

周游灵境散幽情，千里江山暂得行。

所恨风光看未足，却驱金翠入龟城。

题天回驿

翠驿红亭近玉京，梦魂犹是在青城。

比来出看江山景，却被江山看出行。

岑参诗集

岑参，南阳人。文本之后，少孤贫，笃学。登天宝三载进士第，由率府参军累官右阙。论斥佞，改起居郎，寻出为虢州长史。复入为太子中允。代宗总戎陕服，委以书奏之任，由库部郎出刺嘉州。杜鸿渐镇西

川，表为从事，以职方郎兼侍御史恋幕职。使罢，流寓
不还，遂终于蜀。参诗辞意清切，迥拔孤秀，多出佳
境。每一篇出，人竞传写，比之吴均、何逊焉。

北庭西郊候封大夫受降回军献上

胡地苜蓿美，轮台征马肥。

大夫讨匈奴，前月西出师。

甲兵未得战，降虏来如归。

囊驼何连连，穹帐亦累累。

阴山烽火灭，剑水羽书稀。

却笑霍嫖姚，区区徒尔为。

西郊候中军，平沙悬落晖。

驿马从西来，双节夹路驰。

喜鹊捧金印，蛟龙盘画旗。

如公未四十，富贵能及时。

直上排青云，傍看疾若飞。

前年斩楼兰，去岁平月支。

天子日殊宠，朝廷方见推。

何幸一书生，忽蒙国士知。

侧身佐戎幕，敛衽事边陲。

自逐定远侯，亦著短后衣。

近来能走马，不弱并州儿。

冬夜宿仙游寺南凉堂呈谦通人

太乙连太白，两山知几重。

路盘石门窄，匹马行才通。

日西倒山寺，林下逢支公。

昨夜山北时，星星闻此钟。

秦女去已久，仙台在中峰。

箫声不可闻，此地留遗踪。

石潭积黛色，每岁投金龙。

乱流争迅湍，喷薄如雷风。

夜来闻清磬，月出苍山空。

空山满清光，水树相玲珑。

回廊映密竹，秋殿隐深松。

灯影落前溪，夜宿水声中。

爱兹林峦好，结宇向溪东。

相识唯山僧，邻家一钓翁。

林晚栗初拆，枝寒梨已红。

物幽兴易惬，事胜趣弥浓。

愿谢区中缘，永依金人宫。

寄报乘辇客，簪裾尔何容。

潼关镇国军句覆使院早春寄王同州

胡寇尚未尽，大军镇关门。

旌旗遍草木，兵马如云屯。

圣朝正用武，诸将皆承恩。

不见征战功，但闻歌吹喧。

儒生有长策，闭口不敢言。

昨从关东来，思与故人论。

何为廊庙器，至今居外藩。

黄霸宁淹留，苍生望腾骞。

卷帘见西岳，仙掌明朝暾。

昨夜闻春风，戴胜过后园。

各自限官守，何由叙凉温。

离忧不可忘，襟背思树萱。

青山峡口泊舟怀狄侍御

峡口秋水壮，沙边且停桡。

奔涛振石壁，峰势如动摇。

九月芦花新，弥令客心焦。

谁念在江岛，故人满天朝。

无处豁心胸，忧来醉能销。

往来巴山道，三见秋草雕。

狄生新相知，才调凌云霄。

赋诗析造化，入幕生风飙。

把笔判甲兵，战士不敢骄。

皆云梁公后，遇鼎还能调。

离别倏经时，音尘殊寂寥。

何当见夫子，不叹乡关遥。

寄青城龙溪奂道人

五岳之丈人，西望青鬑鬑。

云开露崖峤，百里见石棱。

龙溪盘中峰，上有莲华僧。

绝顶小兰若，四时岚气凝。

身同云虚无，心与溪清澄。

诵戒龙每听，赋诗人则称。

杉风吹裂裘，石壁悬孤灯。

久欲谢微禄，誓将归大乘。

愿闻开士说，庶以心相应。

潼关使院怀王七季友

王生今才子，时辈咸所仰。

何当见颜色，终日劳梦想。

驱车到关下，欲往阻河广。

满目徒春华，思君罢心赏。

开门见太华，朝日映高掌。

忽觉莲花峰，别来更如长。

无心顾微禄，有意在独往。

不负林中期，终当出尘网。

宿华阴东郭客舍忆阎防

次舍山郭近，解鞍鸣钟时。

主人炊新粒，行子充夜饥。

关月生首阳，照见华阴祠。

苍茫秋山晦，萧瑟寒松悲。

久从园庐别，说与朋知辞。

旧壑兰杜晚，归轩今已迟。

宿东溪王屋李隐者

山店不凿井，百家同一泉。

晚来南村黑，雨色和人烟。

霜畦吐寒菜，沙雁噪河田。

隐者不可见，天坛飞鸟边。

怀叶县关操姚旷韩涉李叔齐

数子皆故人，一时吏宛叶。

经年总不见，书札徒满箧。

斜日半空庭，旋风走梨叶。

去君千里地，言笑何时接。

太白东溪张老舍即事寄舍弟侄等

渭上秋雨过，北风何骚骚。

天晴诸山出，太白峰最高。

主人东溪老，两耳生长毫。

远近知百岁，子孙皆二毛。

中庭井阑上，一架猕猴桃。

石泉饭香梗，酒瓮开新槽。

爱兹田中趣，始悟世上劳。

我行有胜事，书此寄尔曹。

入剑门作寄杜杨二郎中时二公并力杜元帅判官

不知造化初，此山谁开坼。

双崖倚天立，万仞从地劈。

云飞不到顶，鸟去难过壁。

速驾畏岩倾，单行愁路窄。

平明地仍黑，停午日暂赤。

凛凛三伏寒，嵲垃五丁迹。

与时忽开闭，作固或顺逆。

磅礴跨岷峨，巍蟠限蛮貊。

星当觜参分，地处西南僻。

陡觉烟景殊，杳将华夏隔。

刘氏昔颠覆，公孙曾败绩。

始知德不修，恃此险何益。

相公总师旅，远近罢金革。

杜母来何迟，蜀人应更惜。

暂回丹青虑，少用开济策。

二友华省郎，俱为幕中客。

良筹佐戎律，情理皆硕画。

高文出诗骚，奥学穷讨赜。

圣朝无外户，寰宇被德泽。

四海今一家，徒然剑门石。

巩北秋兴寄崔明允

白露披梧桐，玄蝉昼夜号。

秋风万里动，日暮黄云高。

君子佐休明，小人事蓬蒿。

所适在鱼鸟，焉能徇锥刀。

孤舟向广武，一鸟归成皋。

723

胜概日相与，思君心郁陶。

春遇南使贻赵知音

端居春心醉，襟背思树萱。
美人在南州，为尔歌北门。
北风吹烟物，戴胜鸣中园。
枯杨长新条，芳草滋旧根。
网丝结宝琴，尘埃被空樽。
适遇江海信，聊与南客论。

酬成少尹骆谷行见呈

闻君行路难，惆怅临长衢。
岂不惮险艰，王程剩相拘。
忆昨蓬莱宫，新授刺史符。
明主仍赐衣，价直千万馀。
何幸承命日，得与夫子俱。
携手出华省，连镳赴长途。
五马当路嘶，按节投蜀都。
千崖信萦折，一径何盘纡。

层冰滑征轮，密竹碍隼旟。

深林迷昏旦，栈道凌空虚。

飞雪缩马毛，烈风擘我肤。

峰攒望天小，亭午见日初。

夜宿月近人，朝行云满车。

泉浇百罅坼，火入松心枯。

亚尹同心者，风流贤大夫。

荣禄上及亲，之官随板舆。

高价振台阁，清词出应徐。

成都春酒香，且用俸钱沽。

浮名何足道，海上堪乘桴。

虢中酬陕西甄判官见赠

微才弃散地，拙宦惭清时。

白发徒自负，青云难可期。

胡尘暗东洛，亚相方出师。

分陕振鼓鼙，二崤满旌旗。

夫子廊庙器，迥然青冥姿。

阃外佐戎律，幕中吐兵奇。

前者驿使来，忽枉行军诗。

昼吟庭花落，夜讽山月移。

昔君隐苏门，浪迹不可羁。

诏书自征用，令誉天下知。

别来春草长，东望转相思。

寂寞山城暮，空闻画角悲。

送许子擢第归江宁拜亲因寄王大昌龄

建异控京口，金陵款沧溟。

君家临秦淮，傍对石头城。

十年自勤学，一鼓游上京。

青春登甲科，动地闻香名。

解榻皆五侯，结交尽群英。

六月槐花飞，忽思莼菜羹。

跨马出国门，丹阳返柴荆。

楚云引归帆，淮水浮客程。

到家拜亲时，入门有光荣。

乡人尽来贺，置酒相邀迎。

闲眺北顾楼，醉眠湖上亭。

月从海门出，照见茅山青。

昔为帝王州，今幸天地平。

王朝变人世，千载空江声。

玄元告灵符，丹洞获其铭。

皇帝受玉册，群臣罗天庭。

喜气薄太阳，祥光彻窅冥。

奔走朝万国，崩腾集百灵。

王兄尚谪宦，屡见秋云生。

孤城带后湖，心与湖水清。

一县无净辞，有时开道经。

黄鹤垂两翅，徘徊但悲鸣。

相思不可见，空望牛女星。

武威送刘单判官赴安西行营便呈高开府

热海亘铁门，火山赫金方。

白草磨天涯，湖沙莽茫茫。

夫子佐戎幕，其锋利如霜。

中岁学兵符，不能守文章。

功业须及时，立身有行藏。

男儿感忠义，万里忘越乡。

孟夏边候迟，胡国草木长。

马疾过飞鸟，天穷超夕阳。

都护新出师，五月发军装。

甲兵二百万，错落黄金光。

扬旗拂昆仑，伐鼓震蒲昌。

太白引官军，天威临大荒。

西望云似蛇，戎夷知丧亡。

浑驱大宛马，系取楼兰王。

曾到交河城，风土断人肠。

寒驿远如点，边烽互相望。

赤亭多飘风，鼓怒不可当。

有时无人行，沙石乱飘扬。

夜静天萧条，鬼哭夹道傍。

地上多髑髅，皆是古战场。

置酒高馆夕，边城月苍苍。

军中宰肥牛，堂上罗羽觞。

红泪金烛盘，娇歌艳新妆。

望君仰青冥，短翮难可翔。

苍然西郊道，握手何慨慷。

送王大昌龄赴江宁

对酒寂不语，怅然悲送君。

明时未得用，白首徒攻文。

泽国从一官，沧波几千里。

群公满天阙，独去过淮水。

旧家富春渚，尝忆卧江楼。

自闻君欲行，频望南徐州。

穷巷独闭门，寒灯静深屋。

北风吹微雪，抱被肯同宿。

君行到京口，正是桃花时。

舟中饶孤兴，湖上多新诗。

潜虬且深蟠，黄鹄举未晚。

惜君青云器，努力加餐饭。

送祁乐归河东

祁乐后来秀，挺身出河东。

往年诣骊山，献赋温泉宫。

天子不召见，挥鞭遂从戎。

前月还长安，囊中金已空。

有时忽乘兴，画出江上峰。

床头苍梧云，帘下天台松。

忽如高堂上，飒飒生清风。

五月火云屯，气烧天地红。

鸟且不敢飞，子行如转蓬。

少华与首阳，隔河势争雄。

新月河上出，清光满关中。

置酒灞亭别，高歌披心胸。

君到故山时，为谢五老翁。

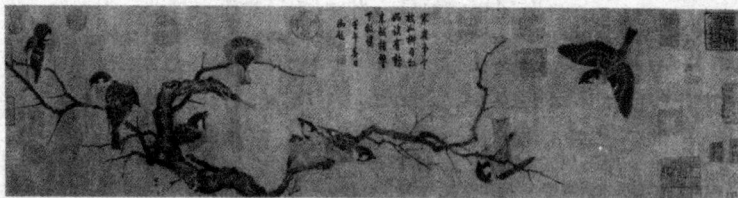

送许拾遗恩归江宁拜亲

诏书下青琐，驷马还吴洲。

束帛仍赐衣，恩波涨沧流。

微禄将及亲，向家非远游。

看君五斗米，不谢万户侯。

适出西掖垣，如到南徐州。

归心望海日，乡梦登江楼。

大江盘金陵，诸山横石头。

枫树隐茅屋，橘林系渔舟。

种药疏故畦，钓鱼垂旧钩。

对月京口夕，观涛海门秋。

天子怜谏官，论事不可休。

早来丹墀下，高驾无淹留。

虢州郡斋南池幽兴因与阎二侍御道别

池色净天碧，水凉雨凄凄。

康风从东南，荷叶翻向西。

性本爱鱼鸟，未能返岩溪。

中岁徇微官，遂令心赏暌。

及兹佐山郡，不异寻幽栖。

小吏趋竹径，讼庭侵药畦。

胡尘暗河洛，二陕震鼓鼙。

故人佐戎轩，逸翮凌云霓。

行军在函谷，两度闻莺啼。

相看红旗下，饮酒白日低。

闻君欲朝天，驷马临道嘶。

仰望浮与沈，忽如云与泥。

夜眠驿楼月，晓发关城鸡。

惆怅西郊暮，乡书对君题。

青龙招提归一上人远游吴楚别诗

久交应真侣，最叹青龙僧。

弃官向二年，削发归一乘。

了然莹心身，洁念乐空寂。

名香泛窗户，幽磬清晓夕。

往年仗一剑，由是佐二庭。

于焉久从戎，兼复解论兵。

世人犹未知，天子愿相见。

朝从青莲宇，暮入白虎殿。

宫女擎锡杖，御筵出香炉。

说法开藏经，论边穷阵图。

忘机厌尘喧，浪迹向江海。

思师石可访，惠远峰犹在。

今旦飞锡去，何时持钵还。

湖烟冷吴门，淮月衔楚山。

一身如浮云，万里过江水。

相思眇天末，南望无穷已。

送李羲游江外

相识应十载，见君只一官。

家贫禄尚薄，霜降衣仍单。

惆怅秋草死，萧条芳岁阑。

且寻沧洲路，遥指吴云端。

匹马关塞远，孤舟江海宽。

夜眠楚烟湿，晓饭湖山寒。

砧净红鲙落，袖香朱橘团。

帆前见禹庙，枕底闻严滩。

便获赏心趣，岂歌行路难。

青门须醉别，少为解征鞍。

送王著作赴淮西幕府

燕子与百劳，一西复一东。

天空信寥廓，翔集何时同。

知己怅难遇，良朋非易逢。

怜君心相亲，与我家又通。

言笑日无度，书札凡几封。

湛湛万顷陂，森森千丈松。

不知有机巧，无事干心胸。

满堂皆酒徒，岂复羡王公。

早年抱将略，累岁依幕中。

昨者从淮西，归来奏边功。

承恩长乐殿，醉出明光宫。

逆旅悲寒蝉，客梦惊飞鸿。

发家见春草，却去闻秋风。

月色冷楚城，淮光透霜空。

各自务功业，当须激深衷。

别后能相思，何嗟山水重。

冬宵家会饯李郎司兵赴同州

急管杂青丝，玉瓶金屈卮。

寒天高堂夜，扑地飞雪时。

贺君关西掾，新绶腰下垂。

白面皇家郎，逸翮青云姿。

明旦之官去，他辰良会稀。

惜别冬夜短，务欢杯行迟。

季女犹自小，老夫未令归。

且看匹马行，不得鸣凤飞。

昔岁到冯翊，人烟接京师。

曾上月楼头，遥见西岳祠。

沙苑逼官舍，莲峰压城池。

多暇或自公，读书复弹棋。

州县信徒劳，云霄亦可期。

应须力为政，聊慰此相思。

送狄员外巡按西山军得霁字

兵马守西山，中国非得计。

不知何代策，空使蜀人弊。

八州崖谷深，千里云雪闭。

泉浇阁道滑，水冻绳桥脆。

战士常苦饥，糇粮不相继。

胡兵犹不归，空山积年岁。

儒生识损益，言事皆审谛。

狄子幕府郎，有谋必康济。

胸中悬明镜，照耀无巨细。

莫辞冒险艰，可以裨节制。

相思江楼夕，愁见月澄霁。

虢州送郑兴宗弟归扶风别庐

佐郡已三载，岂能长后时。

出关少亲友，赖汝常相随。

今旦忽言别，怆然俱泪垂。

平生沧洲意，独有青山知。

州县不敢说，云霄谁敢期。

因怀东溪老，最忆南峰缁。

为我多种药，还山应未迟。

澧头送蒋侯

君住澧水北，我家澧水西。

两村辨乔木，五里间鸣鸡。

饮酒溪雨过，弹棋山月低。

徒闻蒋生径，尔去谁相携。

送永寿王赞府径归县得蝉字

当官接闲暇，暂得归林泉。

百里路不宿，两乡山复连。

夜深露湿簟，月出风惊蝉。

且尽主人酒，为君从醉眠。

南池宴饯辛子赋得蝌斗子

临池见蝌斗，羡尔乐有馀。

不忧网与钓，幸得免为鱼。

且愿充文字，登君尺素书。

登嘉州凌云寺作

寺出飞鸟外，青峰戴朱楼。

搏壁跻半空，喜得登上头。

始知宇宙阔，下看三江流。

天晴见峨眉，如向波上浮。

迥旷姻景豁，阴森棕楠稠。

愿割区中缘，永从尘外游。

回风吹虎穴，片雨当龙湫。

僧房云蒙蒙，夏月寒飕飕。

回合俯近郭，寥落见远舟。

胜概无端倪，天宫可淹留。

一官诇足道，欲去令人愁。

与高适薛据登慈恩寺浮图

塔势如涌出，孤高耸天宫。

登临出世界，磴道盘虚空。

突兀压神州，峥嵘如鬼工。

四角碍白日，七层摩苍穹。

下窥指高鸟，俯听闻惊风。

连山若波涛，奔凑似朝东。

青槐夹驰道，宫馆何玲珑。

秋色从西来，苍然满关中。

五陵北原上，万古青蒙蒙。

净理了可悟，胜因夙所宗。

誓将挂冠去，觉道资无穷。

出关经华岳寺访法华云公

野寺聊解鞍，偶见法华僧。

开门对西岳，石壁青棱层。

竹径厚苍苔，松门盘紫藤。

长廊列古画，高殿悬孤灯。

五月山雨热，三峰火云蒸。

侧闻樵人言，深谷犹积冰。

久愿寻此山，至今嗟未能。

谪官忽东走，王程苦相仍。

欲去恋双树，何由穷一乘。

月轮吐山郭，夜色空清澄。

春半与群公同游元处士别业

郭南处士宅，门外罗群峰。

胜概忽相引，春华今正浓。

山厨竹里挺，野碓藤间春。

对酒云数片，卷帘花万重。

岩泉嗟到晚，州县欲归慵。

草色带朝雨，滩声兼夜钟。

爱兹清俗虑，何事老尘容。

况有林下约，转怀方外踪。

陪群公龙冈寺泛舟得盘字

汉水天一色，寺楼波底看。

钟鸣长空夕，月出孤舟寒。

映酒见山火，隔帘闻夜滩。

紫鳞掣芳饵，红烛然金盘。

良友兴正惬，胜游情未阑。

此中堪倒载，须尽主人欢。

终南山双峰草堂作

敛迹归山田，息心谢时辈。

昼还草堂卧，但与双峰对。

兴来恣佳游，事惬符胜概。

著书高窗下，日夕见城内。

曩为世人误，遂负平生爱。

久与林壑辞，及来松杉大。

偶兹近精庐，屡得名僧会。

有时逐樵渔，尽日不冠带。

崖口上新月，石门破苍霭。

色向群木深，光摇一潭碎。

缅怀郑生谷，颇忆严子濑。

胜事犹可追，斯人邈千载。

过缑山王处士黑石谷隐居

旧居缑山下，偏识缑山云。

处士久不还，见云如见君。

别来逾十秋，兵马日纷纷。

青溪开战场，黑谷屯行军。

遂令巢由辈，远逐麋鹿群。

独有南涧水，潺湲如昔闻。

缑山西峰草堂作

结庐对中岳，青翠常在门。

遂耽水木兴，尽作渔樵言。

顷来阙章句，但欲闲心魂。

日色隐空谷，蝉声喧暮村。

囊闻道士语，偶见清净源。

隐几阅吹叶，乘秋眺归根。

独游念求仲，开径招王孙。

片雨下南涧，孤峰出东原。

栖迟虑益澹，脱略道弥敦。

野霭晴拂枕，客帆遥入轩。

尚平今何在，此意谁与论。

伫立云去尽，苍苍月开园。

观楚国寺璋上人写一切经院南有曲池深竹

璋公不出院，群木闭深居。

誓写一切经，欲向万卷馀。

挥毫散林鹊，研墨警池鱼。

音翻四句偈，字译五天书。

鸣钟竹阴晚，汲水桐花初。

雨气润衣钵，香烟泛庭除。

此地日清静，诸天应未如。

不知将锡杖，早晚蹑空虚。

寻巩县南李处士别业

先生近南郭，茅屋临东川。

桑叶隐村户，芦花映钓船。

有时著书暇，尽日窗中眠。

且喜闾井近，灌田同一泉。

闻崔十二侍御灌口夜宿报恩寺

闻君寻野寺，便宿支公房。

溪月冷深殿，江云拥回廊。

然灯松林静，煮茗柴门香。

胜事不可接，相思幽兴长。

自潘陵尖还少室居止秋夕凭眺

草堂近少室，夜静闻风松。

月出潘陵尖，照见十六峰。

九月山叶赤，溪云淡秋容。

火点伊阳村，烟深嵩角钟。

尚子不可见，蒋生难再逢。

胜惬只自知，佳趣为谁浓。

昨诣山僧期，上到天坛东。

向下望雷雨，云间见回龙。

夕与人群疏，转爱丘壑中。

心澹水木会，兴幽鱼鸟通。

稀微了自释，出处乃不同。

况本无宦情，誓将依道风。

南池夜宿思王屋青萝旧斋

池上卧烦暑，不栉复不巾。

有时清风来，自谓羲皇人。

天晴云归尽，雨洗月色新。

公事常不闲，道书日生尘。

早年家王屋，五别青萝春。

安得还旧山，东溪垂钓纶。

744

东归留题太常徐卿草堂在蜀

不谢古名将，吾知徐太常。

年才三十馀，勇冠西南方。

顷曾策匹马，独出持两枪。

虏骑无数来，见君不敢当。

汉将小卫霍，蜀将凌关张。

卿月益清澄，将星转光芒。

复居少城北，遥对岷山阳。

车马日盈门，宾客常满堂。

曲池荫高树，小径穿丛篁。

江鸟飞入帘，山云来到床。

题诗芭蕉滑，封酒棕花香。

诸将射猎时，君在翰墨场。

圣主赏勋业，边城最辉光。

与我情绸缪，相知久芬芳。

忽作万里别，东归三峡长。

林卧

偶得鱼鸟趣，复兹水木凉。

远峰带雨色，落日摇川光。

臼中西山药，袖里淮南方。

唯爱隐几时，独游无何乡。

骊姬墓

下作夷吾、重耳墓，隔河相去十三里。

骊姬北原上，闭骨已千秋。

浍水日东注，恶名终不流。

献公恣耽惑，视子如仇茹。

此事成蔓草，我来逢古丘。

蛾眉山月苦，蝉鬓野云愁。

欲吊二公子，横汾无轻舟。

东归晚次潼关怀古

暮春别乡树，晚景低津楼。

伯夷在首阳，欲往无轻舟。

遂登关城望，下见洪河流。

自从巨灵开，流血千万秋。

行行潘生赋，赫赫曹公谋。

川上多往事，凄凉满空洲。

先主武侯庙

先主与武侯，相逢云雷际。

感通君臣分，义激鱼水契。

遗庙空萧然，英灵贯千岁。

文公讲堂

文公不可见，空使蜀人传。

讲席何时散，高台岂复全。

丰碑文字灭，冥漠不知年。

扬雄草玄台

吾悲子云居，寂寞人已去。

娟娟西江月，犹照草玄处。

精怪喜无人，睢森藏老树。

司马相如琴台

相如琴台古，人去台亦空。

台上寒萧条，至今多悲风。

荒台汉时月，色与旧时同。

严君平卜肆

君平曾卖卜，卜肆芜已久。

至今杖头钱，时时地上有。

不知支机石，还在人间否。

张仪楼

传是秦时楼，巍巍至今在。

楼南两江水，千古长不改。

曾闻昔时人，岁月不相待。

升仙桥

长桥题柱去，犹是未达时。
及乘驷马车，却从桥上归。
名共东流水，滔滔无尽期。

万里桥

成都与维扬，相去万里地。
沧江东流疾，帆去如鸟翅。
楚客过此桥，东看尽垂泪。

龙女祠

龙女何处来，来时乘风雨。
祠堂青林下，宛宛如相语。
蜀人竞祈恩，捧酒仍击鼓。

安西馆中思长安

家在日出处，朝来起东风。

风从帝乡来，不异家信通。

绝域地欲尽，孤城天遂穷。

弥年但走马，终日随飘蓬。

寂寞不得意，辛勤方在公。

胡尘净古塞，兵气屯边空。

乡路眇天外，归期如梦中。

遥凭长房术，为缩天山东。

江上阻

江上风欲来，泊舟未能发。

气昏雨已过，突兀山复出。

积浪成高丘，盘涡为嵌窟。

云低岸花掩，水涨滩草没。

老树蛇蜕皮，崩崖龙退骨。

平生抱忠信，艰险殊可忽。

经火山

火山今始见，突兀蒲昌东。

赤焰烧虏云，炎氛蒸塞空。

不知阴阳炭，何独然此中。

我来严冬时，山下多炎风。

人马尽汗流，孰知造化功。

题铁门关楼

铁关天西涯，极目少行客。

关门一小吏，终日对石壁。

桥跨千仞危，路盘两崖窄。

试登西楼望，一望头欲白。

早上五盘岭

平旦驱驷马，旷然出五盘。

江回两崖斗，日隐群峰攒。

苍翠烟景曙，森沈云树寒。

松疏露孤驿，花密藏回滩。

栈道溪雨滑，畲田原草干。

此行为知己，不觉蜀道难。

峨眉东脚临江听猿怀二室旧庐

峨眉烟翠新，昨夜秋雨洗。

分明峰头树，倒插秋江底。

久别二室间，图他五斗米。

哀猿不可听，北客欲流涕。

东归发犍为至泥溪舟中作

前日解侯印，泛舟归山东。

平旦发犍为，逍遥信回风。

七月江水大，沧波涨秋空。

复有峨眉僧，诵经在舟中。

夜泊防虎豹，朝行逼鱼龙。

一道鸣迅湍，两边走连蜂。

猿拂岸花落，鸟啼檐树重。

烟霭吴楚连，溯沿湖海通。

忆昨在西掖，复曾入南宫。

日出朝圣人，端笏陪群公。

不意今弃置，何由豁心胸。

吾当海上去，且学乘桴翁。

阻戎泸间群盗

蔚申岁，余罢官东归，属断江路时淹泊戎州作。

南州林莽深，亡命聚其间。

杀人无昏晓，尸积填江湾。

饿虎衔髑髅，饥乌啄心肝。

腥囊滩草死，血流江水殷。

夜雨风萧萧，鬼哭连楚山。

三江行人绝，万里无征船。

唯有白鸟飞，空见秋月圆。

罢官自南蜀，假道来兹川。

瞻望阳台云，惆怅不敢前。

帝乡北近日，泸口南连蛮。

何当遇长房，缩地到京关。

愿得随琴高，骑鱼向云烟。

明主每忧人，节使恒在边。

兵革方御寇，尔恶胡不悛。

吾窃悲尔徒，此生安得全。

郡斋闲坐

负郭无良田，屈身徇微禄。

平生好疏旷，何事就羁束。

幸曾趋丹墀，数得侍黄屋。

故人尽荣宠，谁念此幽独。

州县非宿心，云山欣满目。

顷来废章句，终日披案牍。

佐郡竟何成，自悲徒碌碌。

行军诗二首时扈从在凤翔

吾窃悲此生，四十幸未老。

一朝逢世乱，终日不自保。

胡兵夺长安，宫殿生野草。

伤心五陵树，不见二京道。

我皇在行军，兵马日浩浩。

胡雏尚未灭，诸将恳征讨。

昨闻咸阳败，杀戮净如扫。

积尸若丘山，流血涨丰镐。

干戈碍乡国，豺虎满城堡。

村落皆无人，萧条空桑枣。

儒生有长策，无处豁怀抱。

块然伤时人，举首哭苍昊。

早知逢世乱，少小谩读书。

悔不学弯弓，向东射狂胡。

偶从谏官列，谬向丹墀趋。

未能匡吾君，虚作一丈夫。

抚创伤世路，哀歌泣良图。

功业今已迟，览镜悲白须。

平生抱忠义，不敢私微躯。

刘相公中书江山画障

相府徽墨妙，挥毫天地穷。

始知丹青笔，能夺造化功。

潇湘在帘间，庐壑横座中。

忽疑凤凰池，暗与江海通。

粉白湖上云，黛青天际峰。

昼日恒见月，孤帆如有风。

岩花不飞落，涧草无春冬。

担锡香炉缁，钓鱼沧浪翁。

如何平津意，尚想尘外踪。

富贵心独轻，山林兴弥浓。

喧幽趣颇异，出处事不同。

请君为苍生，未可追赤松。

精卫

负剑出北门，乘桴适东溟。

一鸟海上飞，云是帝女灵。

玉颜溺水死，精卫空为名。

怨积徒有志，力微竟不成。

西山木石尽，巨壑何时平。

石上藤得上字

石上生孤藤，弱蔓依石长。

不逢高枝引，未得凌空上。

何处堪托身，为君长万丈。

临河客舍呈狄明府兄留题县南楼

黎阳城南雪正飞，黎阳渡头人未归。

河边酒家堪寄宿，主人小女能缝衣。

故人高卧黎阳县，一别三年不相见。

邑中雨雪偏著时，隔河东郡人遥羡。

邺都唯见古时丘，漳水还如旧日流。

城上望乡应不见，朝来好是懒登楼。

客舍悲秋有怀两省旧游呈幕中诸公

三度为郎便白头，一从出守正经秋。

莫言圣主长不用，其那苍生应未休。

人间岁月如流水，客舍秋风今又起。

不知心事向谁论，江上蝉鸣空满耳。

白雪歌送武判官归京

北风卷地白草折，胡天八月即飞雪。

忽然一夜春风来，千树万树梨花开。

散入珠帘湿罗幕，狐裘不暖锦衾薄。

将军角弓不得控，都护铁衣冷难著。

瀚海阑干百丈冰，愁云黲淡万里凝。

中军置酒饮归客，胡琴琵琶与羌笛。

纷纷暮雪下辕门，风掣红旗冻不翻。

轮台东门送君去，去时雪满天山路。

山回路转不见君，雪上空留马行处。

热海行送崔侍御还京

侧闻阴山胡儿语，西头热海水如煮。

海上众鸟不敢飞，中有鲤鱼长且肥。

岸傍青草常不歇，空中白雪遥旋灭。

蒸沙烁石然虏云，沸浪炎波煎汉月。

阴火潜烧天地炉，何事偏烘西一隅。

势吞月窟侵太白，气连赤坂通单于。

送君一醉天山郭，正见夕阳海边落。

柏台霜威寒逼人，热海炎气为之薄。

轮台歌奉送封大夫出师西征

轮台城头夜吹角，轮台城北旄头落。

羽书昨夜过渠黎，单于已在金山西。

戍楼西望烟尘黑，汉兵屯在轮台北。

上将拥旄西出征，平明吹笛大军行。

四边伐鼓雪海涌，三军大呼阴山动。

虏塞兵气连云屯，战场白骨缠草根。

剑河风急雪片阔，沙口石冻马蹄脱。

亚相勤王甘苦辛，誓将报主静边尘。

古来青史谁不见，今见功名胜古人。

敷水歌送窦渐入京

罗敷昔时秦氏女，千载无人空处所。

昔时流水至今流，万事皆逐东流去。

此水东流无尽期，水声还似旧来时。

岸花仍自羞红脸，堤柳犹能学翠眉。

春去秋来不相待，水中月色长不改。

罗敷养蚕空耳闻，使君五马今何在。

九月霜天水正寒，故人西去度征鞍。

水底鲤鱼幸无数，愿君别后垂尺素。

天山雪歌送萧治归京

天山有雪常不开，千峰万岭雪崔嵬。

北风夜卷赤亭口，一夜天山雪更厚。

能兼汉月照银山，复逐胡风过铁关。

交河城边飞鸟绝，轮台路上马蹄滑。

晻霭寒氛万里凝，阑干阴崖千丈冰。

将军狐裘卧不暖，都护宝刀冻欲断。

正是天山雪下时，送君走马归京师。

雪中何以赠君别，惟有青青松树枝。

火山云歌送别

火山突兀赤亭口，火山五月火云厚。

火云满山凝未开，飞鸟千里不敢来。

平明乍逐胡风断，薄暮浑随塞雨回。

缭绕斜吞铁关树，氛氲半掩交河戍。

迢迢征路火山东，山上孤云随马去。

函谷关歌送刘评事使关西

君不见函谷关，崩城毁壁至今在。

树根草蔓遮古道，空谷千年长不改。

寂寞无人空旧山，圣朝无外不须关。

白马公称何处去，青牛老人更不还。

苍苔白骨空满地，月与古时长相似。

野花不省见行人，山鸟何曾识关吏。

故人方乘使者车，吾知郭丹却不如。

请君时忆关外客，行到关西多致书。

送韩巽入都觐省便赴举

槐叶苍苍柳叶黄，秋高八月天欲霜。
青门百壶送韩侯，白云千里连嵩丘。
北堂倚门望君忆，东归扇枕后秋色。
洛阳才子能几人，明年桂枝是君得。

凉州馆中与诸判官夜集

弯弯月出挂城头，城头月出照梁州。
凉州七里十万家，胡人半解弹琵琶。
琵琶一曲肠堪断，风萧萧兮夜漫漫。
河西幕中多故人，故人别来三五春。
花门楼前见秋草，岂能贫贱相看老。
一生大笑能几回，斗酒相逢须醉倒。

醉题匡城周少府厅壁

妇姑城南风雨秋，妇姑城中人独愁。

愁云遮却望乡处，数日不上西南楼。

故人薄暮公事闲，玉壶美酒琥珀殷。

颍阳秋草今黄尽，醉卧君家犹未还。

敦煌太守后庭歌

敦煌太守才且贤，郡中无事高枕眠。

太守到来山出泉，黄砂碛里人种田。

敦煌耆旧鬓皓然，愿留太守更五年。

城头月出星满天，曲房置酒张锦筵。

美人红妆色正鲜，侧垂高髻插金钿。

醉坐藏钩红烛前，不知钩在若个边。

为君手把珊瑚鞭，射得半段黄金钱。

此中乐事亦已偏。

喜韩樽相过

三月灞陵春已老，故人相逢耐醉倒。

瓮头春酒黄花脂，禄米只充沽酒资。

长安城中足年少，独共韩侯开口笑。

桃花点地红斑斑，有酒留君且莫还。

与君兄弟日携手，世上虚名好是闲。

银山碛西馆

银山碛口风似箭，铁门关西月如练。

双双愁泪沾马毛，飒飒胡沙迸人面。

丈夫三十未富贵，安能终日守笔砚。

感遇

五花骢马七香车，云是平阳帝子家。

凤皇城头日欲斜，门前高树鸣春鸦。

汉家鲁元君不闻，今作城西一古坟。

昔来唯有秦王女，独自吹萧乘白云。

韦员外家花树歌

今年花似去年好，去年人到今年老。
始知人老不如花，可惜落花君莫扫。
君家兄弟不可当，列卿御史尚书郎。
朝回花底恒会客，花扑玉缸春酒香。

醉后戏与赵歌儿

秦州歌儿歌调苦，偏能立唱濮阳女。
座中醉客不得意，闻之一声泪如雨。
向使逢着汉帝怜，董贤气咽不能语。

赠酒泉韩太守

太守有能政，遥闻如古人。
俸钱尽供客，家计常清贫。
酒泉西望玉关道，千山万碛皆白草。

辞君走马归长安，忆君倏忽令人老。

送张献心充副使归河西杂句

将门子弟君独贤，一从受命常在边。
未至三十已高位，腰间金印色赭然。
前日承恩白虎殿，归来见者谁不羡。
箧中赐衣十重馀，案上军书十二卷。
看君谋智若有神，爱君词句皆清新。
澄湖万顷深见底，清冰一片光照人。
云中昨夜使星动，西门驿楼出相送。
玉瓶素蚁腊酒香，金鞭白马紫游缰。
花门南，燕支北。张掖城头云正黑，
送君一去天外忆。

送魏四落第还乡

东归不称意，客舍戴胜鸣。
腊酒饮未尽，春衫返已成。
长安柳枝春欲来，洛阳梨花在前开。
魏侯池馆今尚在，犹有太师歌舞台。

君家盛德岂徒然，时人注意在吾贤。

莫令别后无佳句，只向垆头空醉眠。

题李士曹厅壁画度雨云歌

似出栋梁里，如和风雨飞。

掾曹有时不敢归，谓言雨过湿人衣。

入蒲关先寄秦中故人

秦山数点似青黛，渭上一条如白练。

京师故人不可见，寄将两眼看飞燕。

长门怨

君王嫌妾妒，闭妾在长门。

舞袖垂新宠，愁眉结旧恩。

绿钱侵履迹，红纷湿啼痕。

羞被夭桃笑，看春独不言。

寄宇文判官

西行殊未已，东望何时还。

终日风与雪，连天沙复山。

二年恋公事，两度过阳关。

相忆不可见，别来头已斑。

丘中春卧寄王子

田中开白室，林下闭玄关。

卷迹人方处，无心云自闲。

竹深喧暮鸟，花缺露春山。

胜事那能说，王孙去未还。

江行夜宿龙吼滩临眺思峨眉隐者兼寄幕中诸公

官舍临江口，滩声人惯闻。

水烟晴吐月，山火夜烧云。

且欲寻方士，无心恋使君。

异乡何可住，况复久离群。

汉川山行呈成少尹

西蜀方携手，南宫忆比肩。

平生犹不浅，羁旅转相怜。

山店云迎客，江村犬吠船。

秋来取一醉，须待月光眠。

奉和杜相公初发京城作

按节辞黄阁，登坛恋赤墀。

衔恩期报主，授律远行师。

野鹊迎金印，郊云拂画旗。

叨陪幕中客，敢和出车诗。

敬酬李判官使院即事见呈

公府日无事，吾徒只是闲。

草根侵柱础，苔色上门关。

饮砚时见鸟，卷帘晴对山。

新诗吟未足，昨夜梦东还。

虢州酬辛侍御见赠

门柳叶已大，春花今复阑。

鬓毛方二色，愁绪日千端。

夫子屡新命，鄙夫仍旧官。

相思难见面，时展尺书看。

酬崔十三侍御登玉垒山思故园见寄

玉垒天晴望，诸峰尽觉低。

故园江树北，斜日岭云西。

旷野看人小，长空共鸟齐。

高山徒仰止，不得日攀跻。

南楼送卫凭得归字

近县多过客，似君诚亦稀。

南楼取凉好，便送故人归。

鸟向望中灭，雨侵晴处飞。

应须乘月去，且为解征衣。

送王伯伦应制授正字归

当年最称意，数子不如君。

战胜时偏许，名高人共闻。

半天城北雨，斜日灞西云。

科斗皆成字，无令错古文。

送宇文舍人出宰元城得阳字

双凫出未央，千里过河阳。

马带新行色，衣闻旧御香。

县花迎墨绶，关柳拂铜章。

别后能为政，相思淇水长。

崔驸马山池重送宇文明府得苗字

竹里边红桥，花间藉绿苗。

池凉醒别酒，山翠拂行镳。

凰去妆楼闭，凫飞叶县遥。

不逢秦女在，何处听吹箫。

碛西头送李判官入京

一身从远使，万里向安西。

汉月垂乡泪，胡沙费马蹄。

寻河愁地尽，过碛觉天低。

送子军中饮，家书醉里题。

陪使君早春西亭送王赞府赴选得归字

西亭系五马，为送故人归。

客舍草新出，关门花欲飞。

到来逢岁酒，却去换春衣。

吏部归相待，如君才调稀。

送刘郎将归河东同用边字

借问虎贲将，从军凡几年。

杀人宝刀缺，走马貂裘穿。

山雨醒别酒，关云迎渡船。

谢君贤主将，岂忘轮台边。

西亭送蒋侍御还京得来字

忽闻骢马至，喜见故人来。

欲语多时别，先愁计日回。

山河宜晚眺，云雾待君开。

为报乌合客，须怜白发催。

送杨录事充潼关判官得江字

夫子方寸里，秋天澄霁江。

关西望第一，郡内政无双。

狭室下珠箔，连宵倾玉缸。

平明犹未醉，斜月隐书窗。

送裴判官自贼中再归河阳幕府

东郊未解围，忠义似君稀。

误落胡尘里，能持汉节归。

卷帘山对酒，上马雪沾衣。

却向嫖姚幕，翩翩去若飞。

送陕县王主簿赴襄阳成亲

六月襄山道，三星汉水边。

求凰应不远，去马剩须鞭。

野店愁中雨，江城梦里蝉。

襄阳多故事，为我访先贤。

送二十二兄北游寻罗中

斗柄欲东指，吾兄方北游。

无媒谒明主，失计干诸侯。

夜雪入穿履，朝霜凝敝裘。

遥知客舍饮，醉里闻春鸠。

送孟孺卿落第归济阳

献赋头欲白，还家衣已穿。

羞过灞陵树，归种汶阳田。

客舍少乡信，床头无酒钱。

圣朝徒侧席，济上独遗贤。

送裴校书从大夫淄川觐省

尚书未出守，爱子向青州。

一路通关树，孤城近海楼。

怀中江橘熟，倚处戟门秋。

更奉轻轩去，知君无客愁。

送杨千牛趁岁赴汝南郡觐省便成婚得寒字

问吉转征鞍，安仁道姓潘。

归期明主赐，别酒故人欢。

珠箔障炉暖，孤裘耐腊寒。

汝南遥倚望，早去及春盘。

送胡象落第归王屋别业

看君尚少年，不第莫凄然。

可即疲献赋，山村归种田。

野花迎短褐，河柳拂长鞭。

置酒聊相送，青门一醉眠。

送楚丘麹少府赴官

青袍美少年，黄绶一神仙。

微子城东面，梁王苑北边。

桃花色似马，榆荚小于钱。

单父闻相近，家书早为传。

送蜀郡李掾

饮酒俱未醉，一言聊赠君。

功曹善为政，明主还应闻。

夜宿剑门月，朝行巴水云。

江城菊花发，满道香氛氲。

送郑少府赴滏阳

子真河朔尉，邑里带清漳。

春草迎袍色，暗花拂绶香。

青山入官舍，黄鸟度宫墙。

若到铜台上，应怜魏寝荒。

夏初醴泉南楼送太康颜少府

何地堪相饯，南楼出万家。

可怜高处送，远见故人车。

野果新成子，庭槐欲作花。

爱君兄弟好，书向颍中夸。

送严诜擢第归蜀

巴江秋月新，阁道发征轮。

战胜真才子，名高动世人。

工文能似舅，擢第去荣亲。

十月天官待，应须早赴秦。

送张直公归南郑拜省

夫子思何速，世人皆叹奇。

万言不加点，七步犹嫌迟。

对酒落日后，还家飞雪时。

北堂应久待，乡梦促征期。

送周子落第游荆南

足下复不第，家贫寻故人。

且倾湘南酒，羞对关西尘。

山店橘花发，江城枫叶新。

若从巫峡过，应见楚王神。

送薛彦伟擢第东归

时辈似君稀，青春战胜归。

名登郄诜第，身著老莱衣。

称意人皆羡，还家马若飞。

一枝谁不折，棣萼独相辉。

送杨瑗尉南海

不择南州尉，高堂有老亲。

楼台重蜃气，邑里杂鲛人。

海暗三山雨，花明五岭春。

此乡多宝玉，慎莫厌清贫。

凤翔府行军送程使君赴成州

程侯新出守，好日发行军。

拜命时人羡，能官圣主闻。

江楼黑塞雨，山郭冷秋云。

竹马诸童子，朝朝待使君。

送陈子归陆浑别业

虽不旧相识，知君丞相家。

故园伊川上，夜梦方山花。

种药畏春过，出关愁路赊。

青门酒垆别，日暮东城鸦。

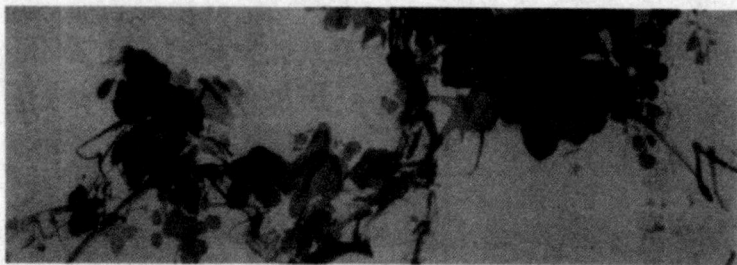

送蒲秀才擢第归蜀

去马疾如飞，看君战胜归。

新登郄诜第，更著老莱衣。

汉水行人少，巴山客舍稀。

向南风候暖，腊月见春辉。

送滕亢擢第归苏州拜亲

送尔姑苏客，沧波秋正凉。

橘怀三个去，桂折一枝将。

湖上山当舍，天边水是乡。

江村人事少，时作捕鱼郎。

送任郎中出守明州

罢起郎官草，初封刺史符。

城边楼枕海，郭里树侵湖。

郡政傍连楚，朝恩独借吴。

观涛秋正好，莫不上姑苏。

临洮客舍留别祁四

无事向边外，至今仍不归。

三年绝乡信，六月未春衣。

客舍洮水聒，孤城胡雁飞。

心知别君后，开口笑应稀。

送弘文李校书往汉南拜亲

未识已先闻，清辞果出群。

如逢凋处士，似见鲍参军。

梦暗巴山雨，家连汉水云。

慈亲恩爱子，几度泣沾裙。

送李别将摄伊吾令充使赴武威便寄崔员外

词赋满书囊，胡为在战场。

行间脱宝剑，邑里挂铜章。

马疾飞千里，凫飞向五凉。

遥知竹林下，星使对星郎。

送四镇薛侍御东归

相送泪沾衣，天涯独未归。

将军初得罪，门客复何依。

梦去湖山阔，书停陇雁稀。

园林幸接近，一为到柴扉。

送张都尉东归

白羽绿弓弦，年年只在边。

还家剑锋尽，出塞马蹄穿。

逐虏西逾海，平胡北到天。

封侯应不远，燕颔岂徒然。

送樊侍御使丹阳便觐

卧病穷巷晚，忽惊骢马来。

知君京口去，借问几时回。

驿舫江风引，乡书海雁催。

慈亲应倍喜，爱子在霜台。

送张卿郎君赴硖石尉

卿家送爱子，愁见灞头春。

草羡青袍色，花随黄绶新。

县西函谷路，城北大阳津。

日暮征鞍去，东郊一片尘。

送颜少府投郑陈州

一尉便垂白，数年唯草玄。

出关策匹马，逆旅闻秋蝉。

爱客多酒债，罢官无俸钱。

知君羁思少，所适主人贤。

送许员外江外置常平仓

诏置海陵仓，朝推画省郎。

还家锦服贵，出使绣衣香。

水驿风催舫，江楼月透床。

仍怀陆氏橘，归献老亲尝。

送秘省虞校书赴虞乡丞

花绶傍腰新，关东县欲春。

残书厌科斗，旧阁别麒麟。

虞坂临官舍，条山映吏人。

看君有知己，坦腹向平津。

送江陵泉少府赴任便呈卫荆州

神仙吏姓梅，人吏待君来。

渭北草新出，江南花已开。

城边宋玉宅，峡口楚王台。

不畏无知己，荆州甚爱才。

奉送李太保兼御史大夫充渭北节度使即太尉光弼弟

诏出未央宫，登坛近总戎。

上公周太保，副相汉司空。

弓抱关西月，旗翻渭北风。

弟兄皆许国，天地荷成功。

送江陵黎少府

悔系腰间绶，翻为膝下愁。

那堪汉水远，更值楚山秋。

新橘香官舍，征帆拂县楼。

王城不敢住，岂是爱荆州。

虢州送天平何丞入京市马

关树晚苍苍，长安近夕阳。

回风醒别洒，细雨湿行装。

习战边尘黑，防秋塞草黄。

知君市骏马，不是学燕王。

送扬州王司马

君家旧淮水，水上到扬州。

海树青官舍，江云黑郡楼。

东南随去鸟，人吏待行舟。

为报吾兄道，如今已白头。

送王七录事赴虢州

早岁即相知，嗟君最后时。

青云仍未达，白发欲成丝。

小店关门树，长河华岳祠。

弘农人吏待，莫使马行迟。

阌乡送上官秀才归关西别业

风尘奈汝何，终日独波波。
亲老无官养，家贫在外多。
醉眼轻白发，春梦渡黄河。
相去关城近，何时更肯过。

送崔主簿赴夏阳

常爱夏阳县，往年曾再过。
县中饶白鸟，郭外是黄河。
地近行程少，家贫酒债多。
知君新称意，好得奈春何。

送梁判官归女几旧庐

女几知君忆，春云相逐归。
草堂开药裹，苔壁取荷衣。

老竹移时小，新花旧处飞。

可怜真傲吏，尘事到山稀。

送怀州吴别驾

灞上柳枝黄，垆头酒正香。

春流饮去马，暮雨湿行装。

驿路通函谷，州城接太行。

覃怀人总喜，别驾得王祥。

送人归江宁

楚客忆乡信，向家湖水长。

住愁春草绿，去喜桂枝香。

海月迎归楚，江云引到乡。

吾兄应借问，为报鬓毛霜。

送襄州任别驾

别乘向襄州，萧条楚地秋。

江声官舍里，山色郡城头。

莫羡黄公盖，须乘彦伯舟。

高阳诸醉客，唯见古时丘。

送李司谏归京得长字

别酒为谁香，春官驳正郎。

醉经秦树远，梦怯汉川长。

雨过风头黑，云开日脚黄。

知君解起草，早去入文昌。

送绵州李司马秩满归京因呈李兵部

久客厌江月，罢官思早归。

眼看春光老，羞见梨花飞。

剑北山居小，巴南音信稀。

因君报兵部，愁泪口沾衣。

送崔员外入秦因访故园

欲谒明光殿，先趋建礼门。

仙郎去得意，亚相正承恩。

竹里巴山道，花间汉水源。

凭将两行泪，为访邵平园。

送柳录事赴梁州

英掾柳家郎，离亭酒瓮香。

折腰思汉北，随传过巴阳。

江树连官舍，山云到卧床。

知君归梦积，去去剑川长。

送韦侍御先归京得宽字

闻欲朝龙阙，应须拂豸冠。

风霜随马去，炎暑为君寒。

客泪题书落，乡愁对酒宽。

先凭报亲友，后月到长安。

送裴侍御赴岁入京得阳字

羡他骢马郎，元日谒明光。

立处闻天语，朝回惹御香。

台寒柏树绿，江暖柳条黄。

惜别津亭暮，挥戈忆鲁阳。

送颜评事入京

颜子人叹屈，宦游今未迟。

伫闻明主用，岂负青云姿。

江柳秋吐叶，山花塞满枝。

知君客愁处，月满巴川时。

送赵侍御归上都

骢马五花毛，青云归处高。

霜随驱夏暑，风逐振江涛。

执简皆推直，勤王岂告劳。

帝城谁不恋，回望动离骚。

送杨子

斗酒渭城边，垆头耐醉眠。

梨花千树雪，杨叶万条烟。

惜别添壶酒，临岐赠马鞭。

看君颍上去，新月到家圆。

送人赴安西

上马带胡钩，翩翩度陇头。

小来思报国，不是爱封侯。

万里乡为梦，三边月作愁。

早须清黠虏，无事莫经秋。

临洮泛舟赵仙舟自北庭罢使还京

白发轮台使，边功竟不成。

云沙万里地，孤负一书生。

池上风回舫，桥西雨过城。

醉眠乡梦罢，东望羡归程。

喜华阴王少府使到南池宴集

有客至铃下，自言身姓梅。

仙人掌里使，黄帝鼎边来。

竹影拂棋局，荷香随酒杯。

池前堪醉卧，待月未须回。

行军雪后月夜宴王卿家

子夜雪华馀，卿家月影初。

酒香薰枕席，炉气暖轩除。

晚岁宦情薄，行军欢宴疏。

相逢剩取醉，身外尽空虚。

奉陪封大夫宴得征字时封公兼鸿胪卿

西边虏尽平，何处更专征。

幕下人无事，军中政已成。

座参殊俗语，乐杂异方声。

醉里东楼月，偏能照列卿。

虢州西亭陪端公宴集

红亭出鸟外，骏马系云端。

万岭窗前睥，千家肘底看。

开瓶酒色嫩，踏地叶声干。

为逼霜台使，重裘也觉寒。

终南东溪中作

溪水碧于草，潺潺花底流。

沙平堪濯足，石浅不胜舟。

洗药朝与暮，钓鱼春复秋。

兴来从所适，还欲向沧洲。

晦日陪侍御泛北池

春池满复宽，晦节耐邀欢。

月带虾蟆冷，霜随獬豸寒。

水云低锦席，岸柳拂金盘。

日暮舟中散，都人夹道看。

登凉州尹台寺

胡地三月半，梨花今始开。

因从老僧饭，更上夫人台。

清唱云不去，弹弦风飒来。

应须一倒载，还似山公回。

登总持阁

高阁逼诸天，登临近日边。

晴开万井树，愁看五陵烟。

槛外低秦岭，窗中小渭川。

早知清净理，常愿奉金仙。

奉陪封大夫九日登高

九日黄花酒，登高会昔闻。

霜威逐亚相，杀气傍中军。

横笛惊征雁，娇歌落塞云。

边头幸无事，醉舞荷吾君。

郡斋平望江山

水路东连楚，人烟北接巴。

山光围一郡，江月照千家。

庭树纯栽橘，园畦半种茶。

梦魂知忆处，无夜不京华。

宿歧州北郭严给事别业

郭外山色暝，主人林馆秋。

疏钟入卧内，片月到床头。

遥夜惜已半，清言殊未休。

君虽在青琐，心不忘沧洲。

暮秋会严京兆后厅竹斋

京兆小斋宽，公庭半药阑。

瓯香茶色嫩，窗冷竹声干。

盛德中朝贵，清风画省寒。

能将吏部镜，照取寸心看。

寻阳七郎中宅即事

万事信苍苍，机心久已忘。

无端来出守，不是厌为郎。

雨滴芭蕉赤，霜催橘子黄。

逢君开口笑，何处有他乡。

携琴酒寻阎防崇济寺所居僧院得浓字

相访但寻钟，门寒古殿松。

弹琴醒暮酒，卷幔引诸峰。

事惬林中语，人幽物外踪。

吾庐幸接近，兹地兴偏慵。

春寻河阳陶处士别业

风暖日暾暾，黄鹂飞近村。

花明潘子县，柳暗陶公门。

药碗摇山影，鱼竿带水痕。

南桥车马客，何事苦喧喧。

晚过盘石寺礼郑和尚

暂诣高僧话，来寻野寺孤。

岸花藏水碓，溪水映风炉。

顶上巢新鹊，衣中带旧珠。

谈禅未得去，辍棹且踟蹰。

寻少室张山人闻与偃师周明府同入都

中峰炼金客，昨日游人间。

叶县凫共去，葛陂龙暂还。

春云凑深水，秋雨悬空山。

寂寂清溪上，空馀丹灶闲。

虢州卧疾喜刘判官相过水亭

卧疾尝晏起，朝来头未梳。

见君胜服药，清话病能除。

低柳共系马，小池堪钓鱼。

观棋不觉暝，月出水亭初。

武威春暮闻宇文判官西使还已到晋昌

岸雨过城头，黄鹂上戍楼。

塞花飘客泪，边柳挂乡愁。

白发悲明镜，青春换敝裘。

君从万里使，闻已到瓜州。

虢州南池候严中丞不至

池上日相待，知君殊未回。

徒教柳叶长，漫使梨花开。

驷马去不见，双鱼空往来。

思想不解说，孤负舟中杯。

春兴思南山旧庐招柳建正字

终岁不得意，春风今复来。

自怜蓬鬓改，羞见梨花开。

西掖诚可恋，南山思早回。

园庐幸接近，相与归蒿莱。

郡斋南池招杨磷

郡僻人事少，云山常眼前。

偶从池上醉，便向舟中眠。

与子居最近，周官情又偏。

闲时耐相访，正有床头钱。

题新乡王釜厅壁

怜君守一尉，家计复清贫。

禄米尝不足，俸钱供与人。

城头苏门树，陌上黎阳尘。

不是旧相识，声同心自亲。

汉上题韦氏庄

结茅闻楚客，卜筑汉江边。

日落数归鸟，夜深闻扣舷。

水痕侵岸柳，山翠借厨烟。

调笑提筐妇，春来蚕几眠。

题永乐韦少府厅壁

大河南郭外，终日气昏昏。

白鸟下公府，青山当县门。

故人是邑尉，过客驻征轩。

不惮烟波阔，思君一笑言。

题金城临河驿楼

古戍依重险，高楼见五凉。

山根盘驿道，河水浸城墙。

庭树巢鹦鹉，园花隐麝香。

忽如江浦上，忆作捕鱼郎。

题虢州西楼

错料一生事，蹉跎今白头。

纵横皆失计，妻子也堪羞。

明主虽然弃，丹心亦未休。

愁来无去处，祇上郡西楼。

夜过盘石隔河望永乐寄闺中效齐梁体

盈盈一水隔，寂寂二更初。

波上思罗袜，鱼边忆素书。

月如眉已画，云似鬓新梳。

春物知人意，桃花笑索居。

河西春暮忆秦中

渭北春已老，河西人未归。

边城细草出，客馆梨花飞。

别后乡梦数，昨来家信稀。

凉州三月半，犹未脱寒衣。

过酒泉忆杜陵别业

昨夜宿祈连，今朝过酒泉。

黄沙西际海，白草北连天。

愁里难消日，归期尚隔年。

阳关万里梦，知处杜陵田。

早发焉耆怀终南别业

晓笛别乡泪，秋冰鸣马蹄。

一身虏云外，万里胡天西。

终日见征战，连年闻鼓鼙。

故山在何处，昨日梦清溪。

宿铁关西馆

马汗踏成泥，朝驰几万蹄。

雪中行地角，火处宿天倪。

塞迥心常怯，乡遥梦亦迷。

那知故园月，也到铁关西。

首秋轮台

异域阴山外，孤城雪海边。

秋来唯有雁，夏尽不闻蝉。

雨拂毡墙湿，风摇毳幕膻。

轮台万里地，无事历三年。

北庭作

雁塞通盐泽，龙堆接醋沟。

孤城天北畔，绝域海西头。

秋雪春仍下，朝风夜不休。

可知年四十，犹自未封侯。